THOMAS LETOCHA

Oma Else kann's nicht lassen

W0216621

GOLDMANN
Lesen erleben

Buch

Else Westermann ist 81, seit kurzem Witwe – und fühlt sich einsam: Ihre wirklich beste Freundin hat sich in die Demenz verabschiedet, und ihre scheinbar beste Freundin hatte, wie Else jetzt erst erfährt, jahrelang etwas mit ihrem Mann, weshalb Else kein Wort mehr mit ihr spricht. Doch plötzlich kommt wieder Pepp in Elses Leben: Sie erhält einen Brief, dessen Inhalt sie sehr fasziniert – leider war er gar nicht an sie adressiert, der Postbote hat ihn in den falschen Briefkasten des Mietshauses geworfen. Aber die willkommene Abwechslung in Elses tristem Alltag bringt sie auf eine Idee: Von nun an fischt sie täglich Briefe aus den Postkästen der Nachbarn, liest sie und »stellt« sie anschließend wieder zu. Eines Tages weht eine Windböe jedoch den Umschlag weg, und Else weiß nicht mehr, welche Adresse auf dem Kuvert stand. Dummerweise kündigt der Briefeschreiber seiner Angebeteten seinen Selbstmord an für den Fall, dass sie ihm nicht antwortet. Aus Angst, nun schuld am Tod eines Menschen zu werden, versucht Else, irgendwie herauszufinden, an wen der Brief adressiert war – und stolpert daraufhin von einem Abenteuer ins nächste.

Informationen zu Thomas Letocha
finden Sie am Ende des Buches.

Thomas Letocha

Oma Else kann's nicht lassen

Roman

GOLDMANN

Der Verlag weist ausdrücklich darauf hin, dass im Text enthaltene externe Links vom Verlag nur bis zum Zeitpunkt der Buchveröffentlichung eingesehen werden konnten. Auf spätere Veränderungen hat der Verlag keinerlei Einfluss. Eine Haftung des Verlages ist daher ausgeschlossen.

Dieses Buch ist auch als E-Book erhältlich.

MIX
Papier aus verantwortungsvollen Quellen
FSC® C014496

Verlagsgruppe Random House FSC® N001967

3. Auflage
Originalausgabe August 2013
Copyright © 2013 by Wilhelm Goldmann Verlag, München, in der Verlagsgruppe Random House GmbH,
Neumarkter Str. 28, 81673 München
Umschlaggestaltung: UNO Werbeagentur München
Umschlagfoto: © Rudi Hurzlmeier
Redaktion: Friederike Arnold
BH · Herstellung: Str.
Satz: omnisatz GmbH, Berlin
Druck und Bindung: GGP Media GmbH, Pößneck
Printed in Germany
ISBN: 978-3-442-47889-7
www.goldmann-verlag.de

Besuchen Sie den Goldmann Verlag im Netz:

Hier und heute

Mein Name ist Else Westermann, ich bin einundachtzig Jahre alt und wohne in einer deutschen Großstadt. Manche Menschen nennen mich Oma Else, wohl wegen meines Alters und meiner grauen Haare. Dabei bin ich gar keine richtige Oma, habe ich doch keine Enkel, nicht mal eigene Kinder.

Bis vor nicht allzu langer Zeit dachte ich noch, ich hätte die aufregendste Zeit meines Lebens hinter mir. Wobei die größte Aufregung in den letzten Jahren vielleicht mein künstliches Hüftgelenk war, das erst beim dritten Anlauf passte, ohne zu wackeln. Oder der Laser, der in Brand geriet, als bei meinem Mann Robert die Gallensteine zerstört wurden. Oder als ich wegen meines sehr niedrigen Blutdrucks im städtischen Hallenbad einen Schwächeanfall hatte und bei der Wassergymnastik für Rentner fast untergegangen wäre. Wenn man ein bestimmtes Alter erreicht hat, hält das Leben nicht mehr so viel Spannendes für einen bereit. Das dachte ich zumindest.

Doch nun stehe ich auf dem Dach eines Hochhauses in unserer Stadt, genau genommen stehe ich am Rande des Daches und starre in die Tiefe. Oder besser gesagt, ich starre nicht in die Tiefe, sondern voller Angst stur geradeaus, aber ich kann mir gut vorstellen, wie tief es direkt vor mir nach unten geht. Aus der Ferne dringen Stimmen zu mir nach oben. Sie rufen, ich solle bloß nicht springen. Man hält mich für eine Selbstmörderin. Dabei bin ich keine. Ich will mich nicht umbringen. Mir geht es gut, sogar sehr gut. So gut wie schon lange nicht mehr, ich bin nur etwas durcheinander. Es ist sehr vieles in letzter Zeit passiert. Ich möchte es gerne erzählen, zumal ich augenblicklich Zeit habe. Ich bin starr vor Angst, kann mich nicht bewegen, kann nicht weg von hier. Ich bin wie festgenagelt. Also habe ich Zeit, um mit meiner Geschichte anzufangen, und ich lasse mich auch nicht davon irritieren, dass von irgendwoher der Klang von Martinshörnern zu vernehmen ist. Wahrscheinlich ist die Feuerwehr auf dem Weg hierher, um mich zu retten. Aber nun zu meiner Geschichte.

Vor knapp einem Jahr

Eins

Ich wollte auf gar keinen Fall hingehen. Am liebsten wäre ich zu Hause geblieben, auf meinem Sofa, und hätte mir die flauschige Daunendecke bis über den Kopf gezogen. Wieder und wieder hatte es an jenem Vormittag an der Wohnungstür geklingelt. Ich hätte mich normalerweise über Besuch gefreut. Denn bei uns klingelte sonst fast nie jemand. Nicht mal Verkäufer von Abos für Angelzeitschriften oder von Schuhbürsten im preisgünstigen Sechserpack. Ich glaube, auch kein Betrüger oder Hochstapler hatte es je bei uns versucht. Aber ich hatte auch nie alte Zwanziger in der Kaffeedose gehortet oder Münzen aus dem letzten Jahrhundert im Tiefkühlfach hinter Lammkoteletts oder Leipziger Allerlei versteckt. Es gab bei uns nichts zu holen. Aber das weiß so ein Betrüger nicht, wo etwas zu holen ist und wo nicht.

Aber an diesem Tag wollte ich nicht, dass es klingelte. Ich wollte niemanden sehen, und ich wollte auf gar keinen Fall hingehen. Ich konnte mir schon vorstellen, wer da vor meiner Tür stand: Elisabeth, meine beste Freundin, die mich abholen, mich stützen, mir die beste Freundin in dieser schweren Zeit sein wollte. Die letzten drei Tage hatte ich bei ihr in ihrer Wohnung gewohnt. Ich solle nicht allein zu Hause bleiben, so ihre klare Meinung. Nun war ich auf einen Sprung nach Hause in meine Wohnung gegangen, um mir ein passendes Kleid herauszusuchen und um mich auf das einzustellen, was mich erwartete. Nach nur einer halben Stunde wieder bei mir zu Hause, in meinem Wohnzimmer, in meinem Schlafzimmer, auf dem Balkon, war mir klar geworden: Ich wollte auf gar keinen Fall hingehen, auch nicht mit Elisabeth. Also antwortete ich nicht auf das Klingeln, sondern stellte mich tot und weinte allein vor mich hin. Schlimm genug, dass mein Leben plötzlich so anders sein sollte.

Eine Viertelstunde nachdem es das letzte Mal geklingelt hatte, wagte ich einen Blick in den Hausflur. Niemand war zu sehen. Ich wartete noch eine weitere Viertelstunde, dann zog ich mir die schwarze Jacke über, nahm meine dunkle Handtasche und ging los. Ich konnte in der Wohnung nicht allein sein, es war nicht auszuhalten. Ich sagte ganz in Gedanken zu meinem Robert, dass ich jetzt gehen würde, dass ich schauen wolle, nur aus der Ferne, wer überhaupt gekommen sei, und dass ich bald wieder zurück sei. Er antwortete mir nicht. Ich verließ Wohnung und Haus, aber auch unten vor dem Hauseingang war niemand zu sehen, den ich kannte.

Keine zehn Minuten später war ich dort. Dort, wo ich auf gar keinen Fall hingehen wollte. Ich stand halb verdeckt hinter einer Hecke und spähte durch die Haselnusssträucher. Meine Augen waren schon seit Jahren nicht mehr die besten, hatten sich stetig verschlechtert. Meine Brille hatte ich wie so oft zu Hause vergessen. Verschwommen in der Ferne sah ich einige Menschen zusammenstehen, konnte aber niemanden genau erkennen. Ich kramte mein Stofftaschentuch aus der Handtasche. Ich wollte nicht weinen, aber die Tränen stiegen mir in die Augen. Als sich plötzlich Schritte näherten, trippelte ich schnell um die nächste Ecke, um nicht gesehen zu werden. Ein Gärtner schob eine Schubkarre mit frischer Erde an mir vorbei, ohne mich weiter zu bemerken. Von meinem neuen Standort aus konnte ich noch weniger von der Menschengruppe sehen, denn hier waren die Sträucher höher, und die Äste einer alten Kastanie mit ihren dichten Blättern hingen sehr tief. Ein paar Meter entfernt lagen ein paar alte Holzkisten auf einem Haufen, die vielleicht vom Transport eines Blumenhändlers übrig geblieben waren. Ich stellte eine der Kisten direkt an die Hecke unter die Kastanie und stieg vorsichtig darauf. Die Kiste knackte leise. Aber meine nicht mal fünfundvierzig Kilogramm würde sie sicher aushalten, dachte ich mir. Auch wenn ich gerade so über die Hecke spähen konnte, hatte ich von meinem erhöhten Standpunkt aus wieder eine bessere Sicht. Unter den Menschen, die sich versammelt hatten, glaubte ich, trotz fehlender Brille, Elisabeth zu entdecken. Sie stand etwas abseits und blickte sich unruhig um. Als sie in meine Richtung sah, wollte ich mich wegducken. Sie durfte mich auf keinen Fall sehen. Durch meine ungeschickte Bewegung knackte die Kiste abermals. Dieses Knacken war um einiges lauter, und die Kiste brach splitternd unter mir zusammen. Ich drohte zu stürzen, riss die Arme nach oben und bekam einen Ast der Kastanie zu fassen. Krampfhaft hielt ich mich mit meinen beiden Ärmchen daran fest. Normalerweise kann ich nicht mal die Tüten mit dem Wocheneinkauf vom Markt nach Hause tragen, ohne sie alle hundert Meter abzusetzen, denn meine Arme haben die Kraft und Stärke eines alten, brüchigen Gartenschlauchs. Aber in dem Augenblick entwickelte ich die Kräfte einer flügellahmen Fledermaus im Todeskampf, in einer Tropfsteinhöhle hundert Meter über dem Boden. Ich allerdings hing keine dreißig Zentimeter über dem Boden. Doch wenn ich losgelassen hätte, hätte ich mir sämtliche Knochen gebrochen. Davon war ich überzeugt. Ich weiß nicht, wie lange ich so dahing, wie ein nasses Laken, das im Wind trocknet, aber lange genug, um nach einer, wie mir schien, Ewigkeit plötzlich die Stimme meiner Freundin Elisabeth zu hören.

»Else! Was machst du da? Ich habe vorhin bei dir zu Hause geklingelt. Immer wieder. Warum hast du denn nicht aufgemacht?«

Offenbar war es für sie von größerer Bedeutung, dass ich nicht aufgemacht hatte, als dass ich wie ein lebender Kleidersack am Baum zappelte. Ich stöhnte kurz auf und konnte nicht sofort antworten, während Elisabeth mit zusammengekniffenen Augen von schräg unten zu mir hochstarrte. Wir sind beide nicht besonders groß, aber spätestens seitdem wir das achtzigste Lebensjahr überschritten haben, hat unsere Körpergröße die ein Meter fünfundfünfzig unterschritten.

»Was machst du da oben?«

»Ich wollte etwas sehen.«

»Komm da runter, hörst du!«

»Aber ich habe Angst.«

»Du kannst doch nicht ewig da oben hängen bleiben.«

»Das weiß ich. Aber so einfach ist das nicht.«

Mir war klar, dass ich mich nicht mehr sehr lange würde halten können. »Wie soll ich runterkommen? Ich kann mich doch nicht einfach fallen lassen. Dann sterbe ich.«

»Davon stirbst du schon nicht. Komm endlich. Die warten alle auf dich.«

»Ich hasse Beerdigungen. Sie werden mich alle anstarren und mit mir reden wollen.«

»Aber ich bin doch bei dir.«

»Ich will aber nicht. Nicht ohne Robert. Ich gehe nicht ohne Robert irgendwohin. Auch nicht auf eine Beerdigung.«

Elisabeth sagte nichts. Dann räusperte sie sich und fasste mich an den Beinen. Sie schüttelte mich wie ein sardischer Bauer einen Olivenbaum bei der Ernte.

»Else! Robert ist tot.«

»Ich weiß. Aber ich bin es nicht gewohnt, ohne Robert irgendetwas zu unternehmen. Ich will da nicht hin. Sollen sie ihn doch ohne mich beerdigen.«

Tränen liefen mir über die Wangen. Als meine beiden Ärmchen keine Kraft mehr hatten, plumpste ich vom Baum. Elisabeth versuchte, mich aufzufangen, mit dem Ergebnis, dass wir beide auf dem mit Laub bedeckten Boden strampelten wie zwei hilflose Käfer auf dem Rücken. Sie nahm meine Hand und drückte sie. Das tat gut. Da erschien der Kopf des Pfarrers, der über die Hecke hinweg zu uns herüberblinzelte. Er lächelte milde, aber auch ungeduldig und forderte uns auf, jetzt bitte zu kommen. Der Pfarrer, der einen großen Kopf und einen breiten Mund hatte, erinnerte mich an jemanden, und nach kurzem Nachdenken kam ich auch drauf, an wen: an Don Camillo, auch Pfarrer.

Zwei

Die Beerdigung verlief noch schlimmer, als ich befürchtet hatte. Die Anwesenden vergossen in großer Trauer einige Tränen oder taten zumindest so. Man drückte sich und mich, schüttelte meine Hand und flüsterte Beileidsworte und solche voller Mitgefühl. Ein gutes Dutzend Trauergäste war zu Roberts Beerdigung gekommen. Elisabeth ließ die ganze Zeit über meine Hand nicht los, auch dann nicht, als Don Camillo in seiner Trauerrede einfach kein Ende finden wollte. Der echte Don Camillo hätte sicherlich unterhaltsamere Worte gefunden. Die Beerdigung bedeutete mir nichts, denn Robert war nicht mehr da. Er war nicht mehr in meinem Leben, und das war das einzig Wichtige für mich. Außer der Luft zum Atmen hatte es nie etwas gegeben, das mein Leben mehr umspannt hätte als er. Ich dachte an ihn, an all die Momente, die wir gemeinsam erlebt hatten, an die schönen und auch an die seltenen, in denen wir uns mal gestritten hatten.

Meine Gedanken flogen über die schwarz gekleideten Menschen um mich herum hinweg, ließen die Baumwipfel hinter sich und landeten schließlich im alten Hafen von Torbole am Gardasee. Dorthin hatte uns vor knapp sechzig Jahren unser erster gemeinsamer Urlaub geführt, und wir hatten drei herrliche Tage miteinander verbracht. Die wunderbare Landschaft war unser Paradies, sie war unser

Königreich, und wir waren die Könige. Am dritten Tag fand ich auf meinem Frühstücksteller, etwas ungeschickt in buntes Papier eingewickelt, einen kleinen, schlichten Ring, der zwar keinen Stein hatte, aber strahlend war wie die italienische Sonne. Robert wollte mich offiziell zu seiner Königin machen. Ich lächelte ihn an, wir küssten uns und genossen den Augenblick, in dem wir uns von nichts stören lassen wollten. Auch nicht von diesem seltsamen Geräusch, einer Mischung aus Knattern und Säuseln, das plötzlich zu hören war. Ganz in der Nähe hatte ein Fischer den Dieselmotor seines Motorbootes gestartet. Ich nahm an, dass das Geräusch von dem Boot kam, aber diese Annahme war falsch.

Wie mich Don Camillo bei einem Besuch im Krankenhaus später zögernd aufklärte, rührte das Geräusch nicht von einem Fischerboot her, sondern war in Wahrheit ein Schnarchen. Der Mensch neigt dazu, Geräusche aus der Wirklichkeit in seine Traumwelt einzubauen, und das sicherlich auch, um nicht aufwachen zu müssen. Ich genoss lieber mit Robert glücklich am Gardasee die südliche Sonne, als dass ich bei seiner Beerdigung den nicht enden wollenden warmen Worten von Don Camillo lauschte. Meine gedankliche Reise in den Süden hatte sich zu einem tiefen Kurzschlaf ausgewachsen, aus dem ich allerdings schmerzvoll aufwachte. Mein motorbootartiges Schnarchen hatte nur ein paar Sekunden gedauert, denn ich hatte mich, während ich einschlief, nicht mehr auf den Beinen halten können und war nach vorn gekippt. Elisabeth, die die Hand ihrer besten Freundin um keinen Preis loslassen wollte, war mitgekippt. Begleitet von Schreckensschreien der Umstehenden waren wir zwei in die Grube gestürzt und mit einem lauten Poltern auf Roberts Holzsarg gelandet. In diesem Moment war ich wieder erwacht. Statt der Sonne Italiens leuchtete über mir Don Camillos erschrockenes Gesicht. Der Pfarrer hatte schlagartig in seinem Vortrag ein Ende gefunden, und nach und nach streckten sich weitere Köpfe von allen Seiten in das helle Loch über uns. Neben mir lag wie schon zuvor die zappelnde Elisabeth auf dem Rücken. Ich war nicht tot, denn das helle Licht über mir bedeutete nicht den Übergang ins Jenseits.

Auch wenn ich Robert über alles geliebt habe, so stimmte natürlich nicht, was manche Leute später in unserem Viertel behaupteten. Ich wollte Robert nicht in den Tod folgen, und wenn ich es gewollt hätte, wäre ich nicht in eine zwei Meter tiefe Grube gesprungen, sondern vom Balkon unserer Wohnung im vierten Stock. Obwohl – den Ärger hätte ich Herrn Niedernberger lieber erspart, ist doch Herr Niedernberger, der Hausmeister in unserem Haus, immer so nett und hilfsbereit. Ihm hätte ich so oder so nie Scherereien bereiten wollen.

Obwohl mir während des Aufenthaltes im Krankenhaus dann auch noch all die Glieder wehtaten, die mir als alter Frau nicht schon vorher wehgetan hatten, hatte der Sturz auch sein Gutes, denn ich musste nicht sofort zurück in meine leere Wohnung. Wie würde es zu Hause ohne Robert sein? Wie bereits erwähnt hatte Elisabeth sich nach Roberts tödlichem Herzinfarkt bereit erklärt, mich bis zur Beerdigung bei sich aufzunehmen, und wir hatten zusammen in ihrem breiten Bett geschlafen. Meistens hatte sie geschlafen, ich hatte wach gelegen und geweint. Wenn ich merkte, dass sie aufwachte, unterdrückte ich meine Tränen, denn gegenüber Elisabeth wollte ich mir nichts anmerken lassen. Es ist wichtig, dass man im Leben nach außen die Fassung bewahrt. Als Robert vor drei Jahren ein neues Auto kaufen wollte, hatte ich mir im Vorführraum durch ein dummes Versehen mit dem elektrischen Fensterheber die Finger der rechten Hand eingeklemmt, und da ich nicht wusste, wie ich mich selbst wieder erlösen konnte, verharrte ich einige Minuten in dieser schmerzhaften Position. Ich habe es überlebt, der junge Verkäufer allerdings erlitt, als er meine blau angelaufenen Fingerkuppen entdeckte, einen Schock und musste sich in ärztliche Behandlung begeben.

Marlene kam jeden zweiten Tag zu Elisabeth und mir ins Krankenhaus in unser Patientenzimmer. Sie ist etwa drei Jahre älter als Elisabeth und ich, was man ihr damals jedoch überhaupt nicht anmerkte. Gar nicht davon zu sprechen, dass sie zusammen mit ihrem etwa gleichaltrigen Mann Heinz immer noch viele Pläne hatte, wie etwa den Kilimandscharo zu besteigen oder auf Wildpferden durch die Mongolei zu reiten. Mit fast fünfundachtzig! Allerdings war sie mit der Zeit ein bisschen schusselig geworden, was wir beim Skat nicht merkten, spielte sie Elisabeth und mich doch mit schöner Regelmäßigkeit arm.

Ein paar Tage vor meiner Entlassung aus dem Krankenhaus, an einem Samstag, besuchte uns Marlene zum Nachmittagstee. Sie hatte dieses Mal vergessen, wie üblich die Briefkästen zu leeren und uns die Post ins Krankenhaus zu bringen. Elisabeth regte sich mächtig darüber auf, während es mir ziemlich egal war. Ich hatte mich noch nie um unsere Post gekümmert. Das war immer Roberts Aufgabe gewesen. Er hatte mir in all den Jahren viel im Leben abgenommen, auch die Post. Ehrlich gesagt hat es mich auch nie interessiert, was das Finanzamt oder eine andere Behörde von uns wollte, und sonst bekamen wir nur Werbung, und ich hatte weder Interesse an einem holländischen Frachtcontainer zu Steuersparzwecken noch an knitterfreien Blusen im Sonderangebot. Wenn ich nachdenke, muss ich sagen: Ich glaube, ich habe in meinem Leben noch nie einen Brief bekommen, jedenfalls keinen Privatbrief. Kinder haben Robert und ich keine, obwohl wir viele Jahre lang daran gearbeitet haben, aber der Herrgott hat uns keine geschenkt, und vom Arzt wollten wir keine geschenkt bekommen. Es gab also niemanden, der uns Briefe schrieb, und Robert und ich hatten nicht viele Freunde. Wir waren uns selbst genug und genossen das Leben zu zweit, und da wir selbst nie Briefe schrieben, bekamen wir auch nie welche. Sehr schade.

Auch wenn Marlene die Post vergessen hatte, waren wir drei guter Laune, soweit das für mich zu dieser Zeit überhaupt möglich war. Elisabeth hatte sich wegen der Post wieder beruhigt, die Karten flogen über die Betten. Doch viele Stunden später, gegen Mitternacht, kippte die Stimmung. Nicht weil uns die Nachtschwestern den Spaß verderben und das Licht abdrehen wollten, sondern weil feststand: Das erste Mal seit vielen Jahren hatte Marlene beim Skat verloren. Sie konnte noch nie verlieren und war wie ein kleines Kind, das im Jähzorn nach einer Niederlage das Mensch-ärgere-dich-nicht-Brett gegen die Wand schleudert. Ohne einen weiteren Gruß verließ Marlene uns kurz nach Mitternacht. Elisabeth und ich waren darüber sehr betrübt. Doch dann entschied Elisabeth, dass sie sich nicht die Laune verderben lassen wollte, und mit einem Piccolo Rotkäppchensekt klang der Tag aus. Damals ahnte ich noch nicht, wie wertvoll dieser Moment für Elisabeth und mich in der Erinnerung noch werden sollte. Ahnte ich doch nicht, dass bald alles anders werden würde. Drei Tage später wurde ich aus dem Krankenhaus entlassen und fuhr nach Hause, in die Wohnung ohne Robert.

Drei

Die frühe Nachmittagssonne stand hoch über meinem Stammcafé. Ich war über eine Stunde zu früh, aber ich hielt es zu Hause nicht mehr aus, so aufgeregt war ich, so enttäuscht. Die Verabredung stand mir bevor, aber sie war unvermeidlich. Das wusste ich.

Die ersten paar Tage nach meiner Entlassung aus dem Krankenhaus hatte ich in der leeren Wohnung mehr schlecht als recht überstanden. Elisabeth hatte sich angeboten, vorübergehend bei mir zu wohnen, doch das wollte ich nicht. Irgendwann konnte ich der ersten Nacht allein nicht mehr aus dem Weg gehen, und ich wollte diese Nacht so bald wie möglich hinter mich bringen.

Ich wachte in dieser Nacht wieder und wieder auf. Ich weiß gar nicht, wie ich es schaffte, in den kurzen Augenblicken dazwischen überhaupt mal wieder einzuschlafen. All die Jahre hatte Robert mich wahnsinnig gemacht mit seinem Schnarchen und seinem gelegentlichen und leisen Gegrunze, ständig wälzte er sich hin und her. Auch wenn ich ihn von ganzem Herzen geliebt habe, so hatte ich mehr als einmal ein Kissen in der Hand. Nicht um es auf sein Gesicht zu drücken, sondern um mit Kissen und Zudecke im Wohnzimmer das Weite zu suchen. Nun aber lag ich im Schlafzimmer und hörte … nichts!!! Es machte mich wahnsinnig. Ich ging in die Küche, um mir nachts um drei Uhr Spiegeleier mit Pilzen und Tomaten zu braten, und eine halbe Stunde später noch ein Omelett mit Kräutern aus der Provence. Die Decke in der Küche schien sich von Stunde zu Stunde immer mehr abzusenken, ich bekam keine Luft mehr, riss alle Fenster auf. In dieser ersten Nacht in unserer Wohnung ohne meinen Robert sehnte ich den Morgen herbei. Ich konnte nicht eine halbe Stunde am Stück schlafen, irgendwann auch nichts mehr essen. Selbst der Lärm der Meyerbeers aus dem dritten Stock brachte mich in dieser Nacht zunächst nicht auf andere Gedanken. Es war ein Ritual. Wenn Herr Meyerbeer nachts betrunken nach Hause kam, verprügelte ihn zuerst seine stark untersetzte und nach Genuss einer Flasche Eierlikör ebenfalls betrunkene Ehefrau. Später schlug er zurück, und dann versöhnten sie sich lautstark. So ging das seit ihrem Einzug vor fünf Jahren regelmäßig ein paarmal im Monat. Ansonsten sind das sehr nette Leute, die mir öfters mit meinen schweren Einkäufen helfen. Robert hatte von den Meyerbeer'schen Lärmereien in seinem Tiefschlaf nie etwas mitbekommen, während ich dagegen jedes Mal wach wurde. Heute lag ich wach, als etwas Wunderliches passierte. Während sich die Meyerbeers stritten und schlugen, fand ich im Morgengrauen endlich meinen Schlaf. Der Lärm, den sie veranstalteten, war für mich in dieser Nacht eine willkommene Abwechslung in der Stille gewesen.

Am nächsten Tag wachte ich erst gegen Mittag auf. Gegen Mittag! Das war mir in meinem ganzen Leben noch nie passiert. Es war mir sehr peinlich. Zwar hat es niemand mitbekommen, aber ich finde, es gehört sich nicht, den Tag zu verschlafen und zu vergeuden. Schon gar nicht, wenn die Sonne scheint.

Den Nachmittag verbrachte ich unter meinem Sonnenschirm auf dem Balkon, während ich immer wieder durch die offene Balkontür einen Blick ins Wohnzimmer warf. Mit einem Mal kam mir die Wohnung so fremd vor. Ich fühlte mich unwohl. Aber ich konnte doch nicht in der Wohnung plötzlich alles verändern, nur weil Robert tot war. Das war immer noch auch seine Wohnung. Sollte ich seine Anzüge, seine Hosen, seine Hemden wegräumen? Sollte ich seine Bücher verschenken? Was mit seinem Rasierer machen? Wegwerfen? Ich hatte das Gefühl, als sterbe mein geliebter Mann dann noch ein zweites Mal.

Gegen Abend kam ein Gewitter auf. Es wurde schnell kühl, und ich ging nach drinnen. Nachdem ich etwa zwei Stunden mit angewinkelten Beinen im Dunkeln auf unserem Sofa gesessen hatte, kramte ich den alten Diaprojektor hervor. Ich wusste nicht so recht, wie man das Ding aufbaut und bedient. Das hatte immer Robert gemacht, und er wollte auch nicht, dass ich ihm dabei half. Ich nahm – wie auch Robert immer – das Ölgemälde von der Wand über dem Sofa und baute den Projektor direkt gegenüber der Wand auf dem Klapptisch auf, den ich vom Balkon hereinholte. Das Gemälde zeigt einen Hirsch vor bedrohlicher Alpenkulisse. Wir beide mochten das Bild noch nie besonders, konnten es aber nicht mehr loswerden. Denn es hatte sich hinter dem Bild auf der Wand ein heller Fleck gebildet, und wir hatten kein Bild mit einem ähnlichen Format. Vor vielen Jahren hatten wir den Hirsch aus Versehen ersteigert, als Robert sich über einige Leute im Publikum lustig gemacht und dabei herumgestikuliert hatte. Man gab ihm den Zuschlag, und Robert und ich wollten unseren Fehler im Nachhinein nicht aufklären. Vielmehr sahen wir das Bild als eine Art Fügung an, und viel gekostet hatte es auch nicht. Aus Spaß hatten wir es aufgehängt, dann haben wir es im Alltag schlichtweg nicht weiter wahrgenommen, und später war es wie gesagt zu spät. Da war der Fleck schon da.

Die zweite Nacht nach der Entlassung aus dem Krankenhaus verbrachte ich in einem Sessel kauernd mit den Dias, die Robert von unseren kleinen Reisen gemacht hatte. Wir sind zwar oft an den Gardasee gefahren, aber nicht nur dahin. Einmal, zu unserem zwanzigsten Hochzeitstag, sind wir sogar nach New York geflogen, und Robert und ich standen Arm in Arm auf dem einstigen World Trade Center. Ich habe mir in dieser Nacht nicht viele Dias, nicht viele Bilder, angesehen, denn jedes Bild forderte seine Zeit, ließ meine Gedanken kreisen. Bei allem, was ich sah, waren meine Gedanken vor allem bei meinem Robert. Er war der Mann meines Lebens.

Gegen Morgengrauen schlief ich ermattet ein. Als ich zehn Stunden später erwachte, war immer noch ein nun im Tageslicht blasser gewordenes Matterhorn an der Wohnzimmerwand zu sehen. Die Reise muss 1983 gewesen sein, kurz nachdem Robert zum Abteilungsleiter ernannt worden war. Als ich den Diaprojektor wieder an seinen angestammten Platz im Schränkchen neben der Glasvitrine stellte, fiel mir eine kleine Kiste auf, die ich am Abend zuvor nicht weiter wahrgenommen hatte. Eine kleine braune Kiste, in der Briefe lagen, fein verschnürt. Diese Briefe machten mich sehr traurig.

Das Café hatte sich im Laufe der Stunde, die ich nun schon wartete, mehr und mehr gefüllt. Die meisten Gäste waren allerdings nur kurz geblieben, für einen Cappuccino oder ein Stück Kuchen. Ein älterer Herr im Trachtenjanker mit einem Dackel an der Leine setzte sich an den Nebentisch. Er blickte hin und wieder über seinen Eiskaffeebecher mit Sahne hinweg zu mir herüber. Ich erwiderte seine Blicke nicht. Als Elisabeth nach einer Stunde endlich auftauchte, hatte ich schon zwei Prosecco und zwei Stück Butterstreusel genossen. Sehr ungewöhnlich für mich. Elisabeth setzte sich mir gegenüber und griff nach meiner Hand.

»Wie geht es dir? Ich bin so froh, dass du mich angerufen hast. Du darfst dich auf keinen Fall abschotten. Du musst wieder mehr unter Leute.«

Sie sah auf das Glas und den leeren Kuchenteller und sah mich fragend an, während ich nichts sagte.

»Bist du schon länger da? Wir waren doch erst für drei Uhr verabredet, oder?«

Sie merkte, dass mit mir etwas nicht stimmte. Zu lange kannten wir uns schon, waren wir Freundinnen.

»Else, geht es dir gut? Kann ich etwas für dich tun?«

»Nein, mir geht es nicht gut.«

»Aber du wirst neuen Lebensmut finden.«

»Es geht nicht darum, dass Robert tot ist.«

»Worum dann? Was ist los?«

»Ich will dir etwas geben.«

»Was denn?«

Sie blickte mich erwartungsvoll an, während ich in meiner Handtasche kramte und das Bündel Briefe hervorholte. Elisabeth wurde mit einem Schlag leichenblass, ihr Unterkiefer bebte. Sie wollte etwas sagen, als ich ihr das Bündel hinhielt, doch sie wusste nicht, was, und so stotterte sie nur heiße Luft und bekam den Mund nicht mehr zu.

»Du hättest ihm raten sollen, dass er deine Briefe wegwirft. Dann hätte ich nie etwas erfahren.«

»Mein Gott, Else, lass es dir erklären.«

»Nein. Ich bin alt genug, um auch so zu verstehen, was sie zu bedeuten haben.«

Ich stand energisch auf und verließ das Café. Beim Hinausgehen drehte ich mich noch einmal zu ihr um.

»Bezahlt habe ich schon.«

Elisabeth wollte mir folgen. Dabei verhedderte sie sich wohl in der Leine des bissigen Dackels vom Nebentisch. Kläffendes Hundegebell, Scherbenklirren und leises Fluchen des Trachtenjankerträgers waren zu hören. Ich beschleunigte meine Schritte und rannte schließlich den Bürgersteig entlang, als wäre ein Fahrkartenkontrolleur hinter mir her, der nicht glauben wollte, dass ich meine Monatskarte in meiner anderen Jacke, der hellen mit den Karos, vergessen hatte. Ich rannte und rannte und war mir sicher, dass ich Elisabeth abgehängt hatte, als ich plötzlich merkte, dass sie mich offensichtlich doch einzuholen drohte. Oder war es jemand anders, der mich da verfolgte? Ich hielt kurz inne und drehte mich um, als in diesem Moment ein Mann an mir vorbeirannte. Der ziemlich kräftige, nicht sehr große Unbekannte trug einen blauen Overall und war für sein Gewicht erstaunlich schnell. Für den Bruchteil einer Sekunde trafen sich unsere Blicke, bevor er direkt neben mir abbog und in dem Park einer Wohnanlage verschwand. Ein bisschen wunderte ich mich über diesen sonderbaren Läufer, war doch für mich nicht ersichtlich, warum er es so eilig hatte. Vielleicht beschäftigte er mich aber auch aus einer Vorahnung heraus. Sicherlich fast eine Minute lang verharrte ich an derselben Stelle auf dem Bürgersteig, auch um wieder Luft zu schöpfen. Der 800-Meter-Lauf, den ich gerade absolviert hatte, gehörte nicht zu meinem normalen Fitnessprogramm. Besser gesagt hatte ich nie eins. Schließlich setzte ich meinen Heimweg fort, noch einen letzten Blick in die Anlage werfend, in der der Mann im Overall verschwunden war. Keine Spur mehr von ihm. Stattdessen schob sich ein Polizeiwagen langsam und leise wie ein Luftschiff an mir vorbei die Straße hinunter.

Vier

Elisabeth versuchte in den nächsten Wochen wieder und wieder, mit mir zu sprechen, mir alles zu erklären. Sie hinterließ unzählige Nachrichten auf dem Anrufbeantworter, bis dieser nichts mehr aufzeichnen konnte. Ich hätte den Speicher ganz oder teilweise löschen müssen, wusste aber nicht, wie. Ein Digitalgerät mit einfacher Menüsteuerung ist sehr kompliziert. Hin und wieder klingelte Elisabeth auch an der Wohnungstür, oder sie wartete bis spätnachts im Treppenhaus auf mich, so dass der Hausmeister Niedernberger schon die Polizei holen wollte, hielt er sie doch für eine verdächtige Person. Einmal kam Elisabeth hinter einem Busch auf der anderen Straßenseite hervor, als ich von einer Kino-Gratisvorstellung für Senioren im Gemeindehaus nach Hause ging. Es gelang mir, sie abzuschütteln, indem ich kurzerhand die Richtung wechselte und nicht wie von ihr erwartet zur Haustür eilte, sondern in die Straßenbahn sprang, die eben hielt. Hektisch stolperte ich mehr über meine eigenen Beine, als dass ich sprang. Aus den Augenwinkeln sah ich, wie Elisabeth hinter der wegfahrenden Straßenbahn herhinkte – das linke Bein stark nachziehend. Die Aktion mit der Hundeleine, dem Dackel und dem Trachtenanzugträger hatte offenbar größere Konsequenzen nach sich gezogen. Ich blickte zurück zu meiner Freundin Elisabeth.

Ich wusste nicht, was es da zu erklären gab. Tatsache war, dass sie meinem Robert über viele Jahre Liebesbriefe geschrieben hatte, die es ihm wert waren, sie in einer Holzkiste aufzuheben.

Innerhalb von wenigen Tagen hatte ich meinen Mann und meine beste Freundin verloren.

Von Marlene hatte ich schon länger – seit dem denkwürdigen Skatspiel im Krankenhaus – nichts mehr gehört. Ein Skatspiel konnte doch nicht das Ende unserer Freundschaft bedeuten. Ich fasste mir ein Herz und fuhr kurzerhand zu ihr in die Reihenhaussiedlung am Rande der Stadt, wo sie und ihr Mann sich vor einigen Jahren ein Mittelhäuschen gekauft hatten. Heinz, ihr Mann, öffnete mir. Er war blass, und sein Gesicht war mit grauen Bartstoppeln übersät. Er trug ein fleckiges Halstuch, ein knittriges Hemd und eine verwaschene Jogginghose aus dem letzten Jahrhundert. Er sah schrecklich aus. Als Restaurantbesitzerin mit Stil hätte ich ihm einen Tisch direkt an der Toilette gegeben, mit dem Rücken zu den anderen Gästen. Heinz winkte mich stumm herein. Im Wohnzimmer stapelten sich Holzkisten und etliche Kartons. In einer noch halbvollen Pizzaschachtel entwickelte sich neues Leben, leere Bierflaschen reihten sich ballettartig auf dem Fenstersims aneinander. Die Rollläden waren fast ganz heruntergelassen. In einer Ecke stand ein schwarzer Müllsack, umgeben von gelblichem Papier und alten, aber ungelesenen Zeitungen. Ich war entsetzt. Heinz wollte mir mit einer Geste einen Platz anbieten, aber es war keiner frei. Ich hätte das Sofa mit schmutzigen Hemden, leeren Dosen und einem fleckigen Duschvorleger teilen müssen.

Stattdessen starrte ich ihn fragend an. Auch wenn Marlene eine meiner besten Freundinnen war – genau genommen die zweitbeste nach Elisabeth, also jetzt meine beste –, kannte ich Heinz nur oberflächlich. Robert und ich hielten nicht viel von Pärchenaktivitäten.

»Endlich kommst du. Ich habe schon häufiger versucht, dich anzurufen, aber dein Anrufbeantworter war voll, und aufgemacht hast du auch nicht.«

Marlene hatte einen Schlaganfall erlitten und war ins Krankenhaus eingeliefert worden, in dem sie nun schon über zwei Wochen lag. Das Unglück hatte Heinz völlig aus der Bahn geworfen.

Gemeinsam besuchten wir Marlene. Sie schien körperlich ganz in Ordnung. Es zahlt sich aus, wenn man im hohen Alter mehr Zeit auf einem Rad im Fitnessstudio verbringt als im Butterfahrtenbus mit Käffchen, Schnäpschen, Pralinen und Schwarzwälder Kirschtorte. Ich war glücklich, Marlene wiederzusehen. Sie begrüßte mich herzlich und kam auch auf das unglückliche Skatspiel zu sprechen. Es habe ihr nichts ausgemacht zu verlieren, aber wir hätten sie nicht hintergehen sollen. Elisabeth und ich hätten hinter ihrem Rücken immer wieder heimlich Zeichen gemacht. Ich widersprach, weil es nicht stimmte.

In einer Ecke des Krankenhausflurs zwischen Gummibäumen, auf Plastikschalenstühlen, jeder einen heißen Pappbecher mit einer Mischung aus schwarzem Kaffee und Hühnerbrühe in der Hand, saßen wir drei zusammen. Marlene schien wie immer. Wir redeten und lachten. Hin und wieder blickte ich unsicher zu Heinz. Was hatte das zu bedeuten? Warum war Marlene im Krankenhaus? Was fehlte ihr? Ich wollte Heinz dezent zu einem

Gespräch unter vier Augen bitten, aber als ich aufstehen wollte, hielt mich Marlene krampfhaft am Ärmel fest. Es sei nett gewesen, mich kennenzulernen. Vielleicht käme ich ja mal wieder vorbei und brächte etwas mehr Zeit mit. Dann könnten wir Karten spielen. Sie spiele für ihr Leben gerne Skat, habe hier aber leider keine Mitspielerinnen. Früher habe sie zwei Freundinnen zum Kartenspielen gehabt. Aber die würden sich nicht mehr um sie kümmern. Mir wurde schlecht. Ich musste mich wieder setzen. Heinz schob mir in letzter Sekunde eine der Plastikschalen unter, so dass ich nicht auf den harten Boden krachte.

Drei Stunden später war ich wieder zu Hause. Marlene war in einem ständigen Kreislauf klaren Bewusstseins und des Abgleitens in eine andere Welt gefangen. Sie war dieselbe geblieben, immer noch meine Freundin, sie hatte immer noch ihren Witz, ihre scharfen Bemerkungen kamen ihr schnell über die Lippen. Aber kurz darauf verließen sie wieder die klaren Gedanken. Wer war ich in ihren Augen? Innerhalb einer Stunde kam sie da zu ganz unterschiedlichen Ergebnissen. Als ich ging, bat sie mich darum, im Aufenthaltsraum des Krankenhauses einen neuen DVD-Player installieren zu lassen. Als Freundin war ich gekommen, als Verwaltungschefin hatte ich das Krankenhaus verlassen.

Ich setzte mich auf den Balkon und schaute in den Abendhimmel. Von unten drangen hin und wieder Hupen, Fahrradklingeln, Wortfetzen oder vereinzelte Stimmen zu mir herauf. Als sich langsam eine Gewitterfront näherte und plötzlich Wind aufkam, verwandelte sich der

Sonnenuntergang blitzschnell in ein pechschwarzes Ungeheuer. In Sekundenschnelle prasselte der Regen hart gegen das Balkongeländer. Blitze in der Ferne, leises Grollen. Es wurde immer dunkler um mich, und der Regen peitschte. Aber ich wollte nicht hineingehen, bot mir doch die Überdachung über meinem Balkon – genauer gesagt eine Loggia – etwas Schutz. Ich konnte nichts mehr von der Stadt erkennen. Dunkle Nacht. Plötzlich ein gleißender, krachender Blitz, direkt vor unserem Haus. Ich hielt die Luft an, und im Schein dieses Blitzes sah ich auf einem Balkon im Haus gegenüber einen Mann mit nacktem Oberkörper im Regen stehen. Er streckte die Arme zum Himmel. Nur für eine Sekunde war er sichtbar, dann wieder von Dunkelheit umhüllt. Wie alles andere auch. Ich hatte Angst, vor dem Gewitter und vor diesem unbekannten Mann. Ich hatte ihn zwar nur kurz gesehen, aber dennoch überaus deutlich. Es war ein junger, eher schmächtiger Typ. Ich kannte ihn nicht, hatte ihn noch nie zuvor gesehen, doch war mir, als hätte er zu mir herübergeschaut. Ängstlich und gespannt zugleich wartete ich darauf, dass es wieder blitzte. Doch vergeblich. Der junge Mann ging mir nicht mehr aus dem Kopf, denn er erinnerte mich an jemanden. Nicht nur wegen der Nickelbrille, die er trug, sondern auch wegen der Haare, wegen seiner ganzen Erscheinung. Schließlich fiel es mir ein. Er hatte etwas von John Lennon.

Fünf

An nächsten Morgen schaute ich sofort nach dem Aufstehen zum Balkon hinüber. Die Rollläden waren heruntergelassen. Von John Lennon keine Spur. Ich hatte mich nie sonderlich um meine Nachbarn gekümmert, aber dieser unbekannte Mann hatte mein Interesse geweckt. Wer war er, dass er sich nachts in den Regen stellte?

Die Rollläden blieben unten. Vielleicht hatte ich mir alles nur eingebildet. Vielleicht war John Lennon nur eine nächtliche Erscheinung gewesen. Doch am vierten Tag nach dem großen Gewitter waren die Rollläden plötzlich wieder oben, und ich konnte einen Blick in die Wohnung erhaschen. Sie schien leer zu sein, keine Vorhänge, keine Möbel. War sie unbewohnt? Mir fiel ein, dass Robert mir zu unserem fünfundzwanzigsten Hochzeitstag ein Opernglas geschenkt hatte. Jedes Mal, wenn wir in die Oper gingen, bereitete das kleine Glas mir große Freude. Am liebsten beobachtete ich die Sänger, die gerade nicht sangen. Ich hatte den Eindruck, mit meinem Opernglas konnte ich ihre Nervosität schon an den geringsten Zuckungen im Gesicht erkennen. Dazu erklang im Hintergrund die herrliche Musik. Wunderbar. Ich weiß, dass Robert meist nur mir zuliebe in die Oper mitkam, denn er hat mit dem Gejaule, wie er es nannte, nie viel anfangen können.

Selbst der Blick durch das Fernglas brachte mir keine neuen Erkenntnisse. Die Wohnung schien wirklich leer zu sein, außer einem Bild, das an einer Wand hing. Bei genauerem Hinsehen erkannte ich, dass es eine Karte unserer Stadt war. Auch wenn die Rollos in den nächsten Tagen hochgezogen blieben, so tauchte der unbekannte Mann nicht mehr auf. John Lennon blieb verschwunden.

Ohne Robert, ohne Elisabeth, ohne Marlene wurde mein Leben einsam. Ich konnte nicht den ganzen Tag, jeden Abend zu Hause bleiben, aber ich wusste auch nicht, wo ich allein hingehen sollte. Hin und wieder bin ich essen gegangen, aber jedes Mal kam es mir vor, als würden die anderen Gäste mich anstarren. Seht mal, die Frau da drüben, die geht allein essen. Man gab mir zwar nie einen Tisch in der Nähe der Toiletten, auch nicht mit dem Rücken zu den anderen Gästen. Doch wäre mir das manchmal lieber gewesen. Seit Jahrzehnten war ich nicht allein in Restaurants gewesen. Warum auch? Robert und ich, wir liebten es, essen zu gehen, konnten wir doch beide nicht kochen, außer vielleicht ein paar laue Eierspeisen oder weich gekochte Spaghetti. Wenn ich jetzt an meinem Tisch saß, hatte ich immer das Gefühl, dass die anderen über mich tuschelten, und um meine düsteren Vermutungen zu bestätigen, entwickelte ich nach und nach die Fähigkeit, andere Menschen zu belauschen. Wenn man sich wirklich Mühe gibt, kann man selektives Hören trainieren und unter verschiedenen Gruppen bestimmte Gespräche herausfiltern. Ich gab mir Mühe, und schon bald belauschte ich andere bei ihren Gesprächen, ohne dass es auffiel. So konnte ich wenigstens wieder etwas am sozialen

Leben teilnehmen, an geschäftigen Unterredungen oder romantischem Gesäusel. Weil ich den anderen zuhörte, merkte ich schnell, dass niemand über mich sprach. Die Vorstellung, für die anderen ein heimliches Gesprächsthema zu sein, hatte mich beunruhigt, aber nun gar keine Rolle zu spielen war mir auch nicht recht. Ich war Luft für meine Umgebung.

Dennoch waren meine Restaurantbesuche mir lieb geworden, aber leider auch teuer. Meine schmale Rente erlaubte mir nicht, jeden Abend unterwegs zu sein. Dabei wünschte ich mir nichts sehnlicher, als mal wieder mit anderen Menschen zusammen zu sein, Karten zu spielen oder einfach über den letzten Film mit dieser Schauspielerin zu lästern, die zwar oft im Fernsehen zu sehen ist, aber immer eher eine schlichte Darstellerin denn eine brillante Schauspielerin bleiben wird. Ich hatte die Hoffnung gehabt, dass ich die Einsamkeit nach einiger Zeit überwinden würde. Doch fast ein halbes Jahr nach Roberts Tod wurde es eher schlimmer mit meiner Einsamkeit, und ich versuchte sogar, mit der Frau an der Kasse im Supermarkt ein Gespräch anzufangen, nur um mal wieder mit jemandem zu reden. Aber wenn die anderen in der Schlange hinter mir sich lautstark beschwerten, war es mir peinlich. Ich ertappte mich bei Selbstgesprächen, die aber Gott sei Dank niemand mitbekam, bis auf einen jungen Mann im Wartehäuschen der Straßenbahn. Ich war so in Gedanken, dass ich nicht bemerkte, wie er sich neben mich setzte, und mit halb geschlossenen Augen sprach ich leise vor mich hin, wobei ich mich über das Wetter ausließ. Schließlich mischte der junge Mann sich schmunzelnd ein und klagte ebenfalls über zu viel Regen für die

Jahreszeit. Als nach einer gefühlten Ewigkeit endlich die Straßenbahn kam, ließ ich dem Mann den Vortritt. Ich wollte lieber auf die nächste Bahn warten.

Die nächsten Tage achtete ich darauf, nicht wieder in Selbstgespräche zu verfallen. Das gelang mir auch ganz gut, bis zu dem Tag, an dem ich vor dem Tiefkühlfach im Supermarkt ein Selbstgespräch über Kalorien führte. Ich hatte das Gefühl, in letzter Zeit ein oder zwei Kilo zugenommen zu haben. Wenn man schon nicht verhindern kann, alt zu werden, wollte ich wenigstens nicht dick werden. Meine Unterhaltung vor dem Kühlfach brachte mir eine spontane Einladung zu einem Essen ein. Ein älterer Herr im feinen Zweireiher sprach mich an. Das Thema Kalorien beschäftige ihn auch ständig und ob wir uns darüber nicht mal eingehender unterhalten sollten. Ich warf dem Herrn einen kurzen Blick zu. Er war nicht unsympathisch. Doch war meine Antwort ein klares Nein. Ich bin schüchtern und kriege kaum ein Wort raus, wenn ich jemanden ansprechen soll. Genauso geht es mir, wenn ich angesprochen werde. Die Antworten bleiben mir meist im Hals stecken. Oder es sind die falschen. Natürlich hätte ich mich verabreden können. Wann werde ich schon von einem gut aussehenden Herrn, der der Vater von Richard Gere hätte sein können, um eine Verabredung gebeten?

Mein Nein hatte zur Folge, dass ich panisch die Flucht ergriff und ins Freie stürzte unter Zurücklassung all meiner Einkäufe. Nichts wünschte ich mir mehr, als mich mit jemandem zu verabreden. Robert würde das sicher verstehen, zumal wenn ich an die Sache mit Elisabeth denke.

Ich eilte nach Hause und leerte hektisch den Briefkasten. Inzwischen hatte ich mir angewöhnt, meinen Briefkasten regelmäßig zu leeren, auch wenn ich keine Post erwartete. Es kam auch nie etwas außer Werbung oder Behördenkram. Doch dieses Mal war es anders! An diesem Tag war ein Luftpostbrief dabei. Mit zitternden Händen öffnete ich ihn. In krakeliger Handschrift stand ganz oben: *»Liebe Oma …«*

Sechs

»Liebe Oma, vielen Dank für Dein wunderbares Geschenk zu meinem Geburtstag. Ich hab mich so doll gefreut. Und ich bin auch gleich damit gefahren. Es lässt sich wunderbar lenken. Und die Pia ist richtig neidisch. Sie hätte gerne auch so ein Rad. Du kennst doch die Pia. Das ist die, mit der ich letztes Jahr zusammen beim Zelten war …«

Natürlich kenne und kannte ich diese Pia nicht. Es war mir schnell klar, dass der Brief nicht für mich bestimmt war, aber ich wollte und konnte nicht mittendrin mit dem Lesen aufhören. Vor allem nicht, als Rosi, so hieß die zwölfjährige Briefeschreiberin, von ihrem neuen Mitschüler berichtete, einem gewissen Ralph. Offenbar mag sie ihn sehr, aber er schenkt ihr keine Beachtung, sondern dieser blöden Tiffany aus der Parallelklasse. Tiffany!? Allein schon dieser Name.

Ich habe in meinem Leben noch nie einen fremden Brief gelesen, kein fremdes Tagebuch oder etwas, was mich nichts angeht. Natürlich hätte ich auch diesen Brief nie und nimmer gelesen, wenn ich ihn nicht aus Versehen geöffnet hätte. Aber ich kriege ja sonst keine spannenden, bewegenden Briefe. Ehrlich gesagt hatte ich mir keine weiteren Gedanken gemacht. Ich war gefesselt, und mir war nicht bewusst, dass ich etwas Unrechtes tat. Der Brief war auch nicht sehr lang. Es ist schön, dass eine Zwölfjährige Briefe schreibt. Normalerweise schreiben zwölfjährige Mädchen keine Briefe oder fahren friedlich Fahrrad, sondern sie rotten sich zu Banden zusammen, erpressen ihre Mitschüler um deren Taschengeld, terrorisieren ihre Lehrer oder handeln mit Rauschgift in Tablettenform. Jedenfalls, wenn man den Medien glauben darf. Ich hatte Rosi, dieses mir unbekannte Mädchen, sofort ins Herz geschlossen. Auf die Empfängerin war ich neidisch, ich hätte auch gerne solche Briefe bekommen.

Auf dem Kuvert stand als Adressatin Oma Emma Schönling, die in Nummer 14, also gleich im Nachbarhaus, wohnte. Warum der Brief fälschlicherweise in meinem Briefkasten gelandet war, hätte mir wahrscheinlich nicht mal der Postbote erklären können. Denn es stimmte gar nichts, weder die Hausnummer noch Vor- oder Nachname. Aber ich wollte den Postboten auch gar nicht auf die Sache ansprechen. Das hätte nur zu Diskussionen geführt, warum ich den Brief überhaupt geöffnet hatte und so weiter. Mir war die Geschichte auch so peinlich genug. Da mir klar war, dass die richtige Empfängerin den Brief bekommen musste, notierte ich »Tut mir leid, aus Versehen geöffnet« auf den Umschlag und steckte den Brief in den Umschlag zurück.

Die Briefkästen im Nachbarhaus waren im Hausflur angebracht, und in den Hausflur konnte natürlich nur jemand mit einem Hausschlüssel gelangen. Ich hatte keinen, aber ich wollte auch nicht bei jemandem klingeln, vor allem nicht bei Frau Schönling. Auf dem Klingelbrett standen lauter nette Namen. Ich hätte überall klingeln können, aber was hätte ich sagen sollen, wenn mich jemand über die Gegensprechanlage gefragt hätte, was ich denn wolle? Mir war klar, dass ich aus Nervosität bis auf ein Krächzen keinen Ton herausgebracht hätte. Ich hätte mich sofort verdächtig gemacht. Vielleicht hätte einer der Hausbewohner die Polizei gerufen. Man hätte mich verhaftet und mein Foto in der Zeitung veröffentlicht. Meine Angstvorstellungen waren grenzenlos. Ein Wunder, dass ich in meiner Gedankenwelt nicht mit meinem Kopf auf dem Schafott gelandet bin, als Strafe dafür, dass ich mit einem versehentlich geöffneten Brief in der Hand vor einem Haus herumlungerte, in dem ich nicht wohnte und zu dem ich keinen Schlüssel hatte. Nervös blickte ich abermals auf das Klingelbrett, als mir ein Klingelknopf auffiel, der nur mit einem provisorischen Zettel versehen war, darauf ein verwischter, fast unleserlicher Name. Mich durchzuckte es, weil mir das nächtliche Gewitter einfiel und der unbekannte junge Mann im Regen: John Lennon. Klar! Der wohnte auch in diesem Haus und hatte sicherlich das provisorische Schild angebracht. Ihm wollte ich auf keinen Fall begegnen.

Wenn ich nirgendwo klingeln wollte, und das wollte ich definitiv nicht, blieb mir nur eine Möglichkeit. Ich musste warten, bis jemand das Haus verließ oder nach Hause kam, und diesen Augenblick nutzen, um unbemerkt ins Haus zu schleichen.

Ich wartete über zwei Stunden, und nichts passierte. Dabei versuchte ich, mich so unauffällig wie möglich zu verhalten. Sonst rief noch jemand die Polizei, die mich mit einem Sondereinsatzkommando stellen würde. Nach zwei Stunden setzte ich mich auf eine kleine Mauer, die den Eingang vom angrenzenden Garten trennte, und schaute den frechen Spatzen zu, die sich um einige Krümel zankten. In den Blumenbeeten summten die Bienen. Eine Maus huschte an mir vorbei und verschwand in einem Kellerloch. Nach einiger Zeit setzte sich plötzlich ein Mann neben mich. Es war Robert! Er nahm meine Hand und lächelte mich sanft an. Ich fühlte mich mit einem Mal so glücklich und geborgen. Diese Geborgenheit endete jäh, als ich eine fremde Stimme hörte, die leider nicht Roberts Stimme war, sondern einen hellen, melodischen Klang hatte.

»Hallo, kann ich Ihnen helfen?«

Ich antwortete nicht sofort, weil ich nicht wusste, wer da mit mir sprach. Erst als mich jemand leicht an der Schulter berührte, wurde mir bewusst: Ich war wieder einmal eingeschlafen. Langsam öffnete ich die Augen. Mit einem Mal wurde mir übel, als hätte mir ein Boxer einen Magenschwinger versetzt. Vor mir stand John Lennon und schaute mich besorgt an.

»Ist Ihnen nicht gut?«

Ich öffnete den Mund, brachte aber keinen Ton heraus. Lennon sah aus der Nähe sympathisch und friedlich aus, aber ich bin überzeugt davon, dass die schlimmsten Serienmörder oft verdammt friedlich aussehen. Sie können sich so verstellen, dass man ihnen, ohne zu zögern, jeden Gebrauchtwagen abkaufen würde. Ich wusste jedenfalls, dass dieser Mann in einer leeren Wohnung wohnte, und jeder weiß aus dem Fernsehen, dass Verbrecher, die untergetaucht sind, sich in ihren provisorischen Bleiben sehr spartanisch einrichten. Denn wenn sie gezwungen sind zu fliehen, müssen sie flexibel sein und schnell handeln. Lennon blickte mich immer noch an.

»Wohnen Sie in dem Haus?«

Heftig schüttelte ich den Kopf.

»Haben wir uns nicht schon mal irgendwo gesehen?«

Ich schüttelte den Kopf noch heftiger.

»Kann nicht sein. Ich hatte nur einen kleinen Schwächeanfall. Es geht schon wieder. Danke.«

»Soll ich nicht besser einen Arzt rufen?«

»Nein, nein, auf gar keinen Fall.«

Ich war über die Entschlossenheit in meiner Stimme selbst erschrocken. Der junge Mann verabschiedete sich mit einem skeptischen Lächeln.

»Nun gut, aber passen Sie auf sich auf.«

Ich bedankte mich meinerseits mit einem Lächeln und stand auf. Er winkte mir zu. Nachdem er die Tür geöffnet hatte und im Haus verschwunden war, begann sich die Haustür ganz langsam wieder zu schließen. Ich wusste, dass das meine Chance war, und stellte schnell und gerade noch rechtzeitig meinen rechten Fuß in die Tür. Ich schlüpfte ins Haus und schaute mich um. Gott sei Dank war Lennon nicht mehr zu sehen. Ich wollte keine Zeit mehr verlieren und schaute mich suchend nach den Briefkästen um. Sogleich fand ich den Briefkasten von Frau Schönling. Mit zittrigen Händen steckte ich, so schnell ich konnte, den Brief in den Kasten. Nichts wie weg. Als ich mich umdrehte, stand plötzlich Lennon vor mir.

»Sie wohnen doch hier?«

»Nein, ich habe mich … ich habe mich nur verlaufen.«

Damit hetzte ich zur Tür hinaus, während ich seinen bohrenden Blick in meinem Rücken spürte.

Sieben

Die nächsten Tage verbrachte ich in meiner Wohnung und wollte sie auch nicht verlassen. Zu groß war meine Angst, dass ich wieder John Lennon, meinem unheimlichen Nachbarn, begegnen könnte. Mir erschien die ganze Welt unheimlich, und mein eben erst langsam neu erwachter Lebensmut war wie weggeblasen. Dass ich auf einmal so überängstlich war, ich erkannte mich selbst nicht wieder. So viele Gedanken schwirrten mir durch den Kopf. Vielleicht hingen bereits im ganzen Viertel Plakate mit einem Phantombild von mir. Wenn ich mich hinauswagte, würden womöglich wildfremde Leute mit dem Finger auf mich zeigen und laut nach der Polizei rufen, um die Briefdiebin zu verhaften, nach der allseits gefahndet wurde. Auf jeden Fall befürchtete ich, dass John Lennon Frau Schönling schon über den seltsamen Besuch einer alten Dame informiert hatte.

Da ich auf einen längeren Aufenthalt zu Hause nicht vorbereitet war, stellte sich die Situation meiner Lebensmittelreserven alles andere als rosig dar. Im Kühlschrank stieß ich auf zwei Dosen Ölsardinen – ohne Haut und ohne Gräten –, ein Glas mit eingelegten Gurken und drei Joghurts mit wenig Fett. Letzteres bedauerlicherweise ein Fehlkauf, denn Magerjoghurts schmecken nie so gut wie die mit normalem Fettanteil. Aber leider hatte ich an jenem

Tag beim Einkaufen mal wieder meine Brille vergessen. Als ich lustlos einen Joghurt aus dem Kühlschrank nehmen wollte, stellte ich fest, dass bei allen drei das Haltbarkeitsdatum schon lange abgelaufen war. Die Becher landeten im Müll, den ich im Übrigen nicht runterbrachte, sondern auf dem Balkon sammelte. Nachdem ich nun auf den Joghurt verzichten musste, blieben noch zwei Dosen Landleberwurst, mehrere Gläser Marmelade und eine echte italienische Cacciatore, das Prunkstück des gesamten Kühlschranks, wenn man von den zwei Flaschen Weißwein im Gemüsefach absah, einem leckeren Gewürztraminer aus Südtirol, Roberts und meinem Lieblingswein. Robert und ich liebten Südtirol und hatten immer wieder einen Abstecher in die Berge gemacht. Ferner fand ich zwei Packungen Knäckebrot und ein matschiges Toastbrot, das allerdings auch nur noch einen Tag haltbar war. Darüber hinaus hatte ich noch zwei Dosensuppen, eine Packung Spaghetti, fünf Eier und zwei vergammelte Bananen. Kann sein, dass ich etwas vergessen habe in meiner Aufzählung, aber es war mir klar, dass die Vorräte nicht ewig halten sollten.

Knapp vier Tage später war es so weit. Der letzte Teller mit Dosensuppe stand vor mir, und ich sah nur zwei Möglichkeiten: Entweder würde ich bald verhungern, oder ich musste die Flucht nach vorn antreten und mich nach draußen wagen. Ich entschied mich für einen Pizzadienst. So etwas hatten Robert und ich noch nie gemacht, aber vom Balkon aus sah ich durch mein kleines Opernglas eine Plakatwand an der Straßenecke, auf der ein Pizzadienst für seine knusprigen, leckeren Pizzas warb. Auch eine Telefonnummer war dort angegeben. Ich wagte es und bestellte mir eine Pizza mit extra Ei und Ananas. Ich war furchtbar nervös. Wann hatte ich das letzte Mal einen fremden Menschen in meine Wohnung gelassen? Aber musste ich ihn überhaupt hereinlassen? Ich konnte die Pizza an der Wohnungstür entgegennehmen.

Die Zeit des Wartens verbrachte ich mit Aufräumen, denn in meiner Wohnung hatte sich allmählich das Chaos ausgebreitet. In einer Ecke der Speisekammer fand ich einen leeren Müllbeutel, den ich mühelos füllen konnte, und brachte ihn auf den Balkon. Als ich mich wieder umdrehte, sah ich aus den Augenwinkeln, dass die Rollos zu der Wohnung im Nachbarhaus gegenüber gerade wieder hochgezogen wurden. Tagelang hatte es keine Spur von dem jungen Mann gegeben. Ich hatte oft hinübergespäht. Mal waren die Rollos heruntergelassen, dann wieder hochgezogen. Doch nun ratterten sie nach oben, und im nächsten Moment würde John Lennon mich auf dem Balkon stehen sehen. Mit einem weiten Satz rettete ich mich in die Wohnung, besser gesagt, wollte ich mich in die Wohnung retten. Leider blieb ich mit dem rechten Fuß am Verschlussband des Müllsacks hängen, meine Arme reagierten nicht schnell genug, und ich fällte mich selbst wie ein Waldarbeiter eine kanadische Eiche. Ich lag auf den Holzplanken des Balkonbodens. Obwohl mein rechter Knöchel schmerzte, als hätte ein sehr schlecht gelaunter Schmied mit seinem Hammer zugeschlagen, beschäftigte mich etwas anderes viel mehr: Trotz großer Schmerzen hätte ich aufstehen können, aber dann hätte mein Nachbar John Lennon mich entdeckt. Dieses Risiko war mir zu groß.

Es klingelte an der Tür. Das musste der Pizzadienst sein. Ich war verzweifelt. Wie sollte ich zur Tür kommen? Es klingelte ein zweites Mal, und ich versuchte, langsam auf allen vieren vom Balkon in die Wohnung zu kriechen. Eine alte Frau ist es allerdings nicht gewohnt, auf allen vieren herumzukriechen. Nachdem es fünf Mal geklingelt hatte, erreichte ich das Wohnzimmer und wagte, endlich aus dem Blickfeld des Nachbarhauses, mich langsam aufzurichten. Ich humpelte zur Tür und drückte auf die Gegensprechanlage.

»Hallo?«

Keine Antwort.

»Hallo? Pizzadienst?«

Erst wieder keine Antwort, dann hörte ich ein Knacken und Plärren aus dem kleinen Lautsprecher.

»Der Pizzadienst ist gerade wieder gefahren. Ich hab noch den Wagen von hinten gesehen.«

Ich zuckte zusammen, denn die Stimme gehörte Herrn Niedernberger, dem Hausmeister.

»Ist bei Ihnen alles in Ordnung? Sind Sie krank?«

»Ich? Nein. Wie kommen Sie darauf?«

»Ich habe Sie seit Tagen nicht mehr gesehen. Und die Post stapelt sich in Ihrem Briefkasten.«

Die Post! Die hatte ich ganz vergessen. Es gelang mir, den Hausmeister zu beruhigen. Ich würde mich sofort um die Post kümmern. Schlagartig wurde mir klar, dass ich zurück ins Leben musste, zurück in die Welt da draußen. Es kostete mich mehrere Stunden, mein Äußerliches so zu trimmen, dass ich mich wieder unter Menschen trauen wollte. Eigentlich musste ich dringend zum Friseur.

Beim Verlassen des Hauses sah ich meinen überquellenden Briefkasten. Rechnungen, Werbesendungen und allerlei anderer Unsinn. Doch ein Brief war anders. Ein Umschlag mit einer feinen Musterung. Wer hatte mir geschrieben? Vorsichtig zog ich den Brief heraus und warf einen Blick darauf. Er war an einen gewissen Walter Greulich, Hausnummer 10, adressiert. Ich blickte mich um. Schon wieder ein Brief in meinem Briefkasten, der nicht für mich bestimmt war? Nervös betastete ich den Brief. Was wurde hier gespielt? War das Zufall? Vorsehung? Erlaubte sich jemand einen Scherz mit mir?

Acht

Ich wollte diesen Brief nicht öffnen, war er doch nicht für mich bestimmt. Aber er machte mich neugierig, und so nahm ich ihn mit hinauf in die Wohnung. Früher hätte ich mich in Grund und Boden geschämt, aber nun war ich einfach wahnsinnig neugierig.

Nach einer erneuten schlaflosen Nacht war ich entschlossen, den Brief ungeöffnet dem richtigen Adressaten zu überlassen. Noch im Aufzug drehte ich jedoch um, und das Verhängnis nahm seinen Lauf.

In einer Kindersendung hatte ich vor einigen Jahren gesehen, wie man Briefe unbemerkt öffnen und wieder verschließen kann. Wenn ich das richtig verstanden habe, wird der Kleber durch Wasserdampf flüssig, und man kann die Lasche leicht lösen. Ich weiß heute noch nicht, warum man Kindern so etwas beibringen muss. Ich jedoch profitierte nun davon. Nach einigen weniger brillanten Versuchen hatte ich das Kuvert schließlich vorsichtig geöffnet und begann zu lesen. Ein alter Jugendfreund hatte sich nach vielen Jahren entschlossen, endlich wieder den Kontakt zu suchen, auch um einen alten Streit beizulegen und sich zu versöhnen. Es war ein schöner Brief, obwohl ich ihn zum Schluss hin etwas schwülstig fand. Es ist wunderbar, wenn ein Text berührt, ohne zu übertreiben. Der Stil sollte bescheiden, aber kraftvoll sein, und natürlich muss ein Text grammatikalisch einwandfrei sein und darf keine Rechtschreibfehler enthalten. Ganz in Gedanken korrigierte ich den Brief, indem ich entsprechende Anmerkungen darauf notierte. Erst als ich noch so etwas wie eine abschließende Benotung vornehmen wollte, wurde mir mein fataler Fehler bewusst. Mit Mühe und in einer langen Nachtsitzung gelang es mir, meinen schriftlichen Beitrag unkenntlich zu machen, und ich verschloss das Kuvert. Niemand würde es auffallen, dass eine alte Frau ihre neugierige Nase hineingesteckt hatte. Am nächsten Tag landete der Brief im Kasten seines rechtmäßigen Empfängers. Ich hatte Glück, denn der Briefträger schloss gerade die Haustür auf, und ich konnte so ins Haus gelangen. Im Übrigen schien mir der Mann konzentriert und nüchtern zu sein. Keine Ahnung, warum er mir mehrmals falsche Post in den Kasten gesteckt hatte.

Ich habe in meinem Leben, von einigen Ausnahmen abgesehen, nie viel Alkohol getrunken. Er schmeckt mir nicht besonders. Außerdem bekomme ich schon nach einem Glas Rotwein Schluckauf, und Weißwein vertrage ich überhaupt nicht, da mein Magen überaus sauer reagiert, wenn man von meinem geliebten Gewürztraminer absieht. Cocktails sind mir meist zu süß oder zu pappig, Schnäpse und Brände zu bitter. Alkohol hat nie mein Leben regiert, vielleicht auch weil ich Angst hatte, süchtig zu werden. In unserer früheren Gemeinde hatten wir einen Priester, da wurde einem schon allein vom Alkoholdunst leicht schummrig, wenn man nur den Beichtstuhl betrat. Es soll Schauspieler geben, die können den König Lear nicht unter 1,8 Promille geben, oder Musiker, die ohne die richtige Dosis Averna im Blut keinen Ton treffen. Aber auch Politiker sind unter den Süchtigen zu finden, obwohl unklar bleibt, ob sie nüchtern sinnvollere Reden halten würden. Es gibt viele Arten von Sucht, unter denen man leiden kann. Ein früherer Kollege von mir – ich habe viele Jahre in einem Schreibwarenladen gearbeitet – litt zum Beispiel unter Schokoladensucht. Er musste das Geschäft verlassen, nachdem er angefangen hatte, nachts in Tankstellen einzubrechen, auf der Suche nach Schokoriegeln oder Überraschungseiern. Oder denken wir an das Rauchen, auch eine schreckliche Sucht. Ein Raucher findet immer einen Grund, sich einen Glimmstängel anzustecken, mal aus purer Langweile, bei einem öden Telefonat, oder aus Aufregung nach einem Unfall. Die Internetsucht, die Arbeitssucht, die Sexsucht. Sucht, Sucht, Sucht. Der Mensch gerät schnell in ungewohnte Abhängigkeiten. Aber er kann nicht anders, denn er ist krank. Sucht ist eine Krankheit.

Auch ich wurde krank. Ich bekam eine seltene, eine einzigartige Sucht, unter der ich mehr und mehr litt. Nach dem zweiten Brief entwickelten fremde Briefkästen eine starke Anziehung auf mich. Ich weiß, es gibt nichts zu entschuldigen, aber ich konnte einfach nicht anders. Ich schlich durch die Stadt, auf der Suche nach offenen Hauseingängen oder Türen. Aus manchen Briefkästen ragten Briefe, die meine Neugier weckten, und ich musste zuschlagen. Blitzschnell wanderten die fremden Briefe in meine Handtasche. Zu Hause vertiefte ich mich dann in meine Beute. Die unbekannten Schreiber und ihre Erlebnisse, ihre Anliegen, ihre Sorgen, aber auch ihre Freuden wurden Teil meines Lebens. Sie wuchsen mir ans Herz.

Natürlich sorgte ich immer dafür, dass alle Briefe einen Tag später ihren richtigen Empfänger erreichten. Ich weiß, es war nicht richtig, was ich tat, aber hatte nicht das Schicksal mich fatalerweise auf den falschen Weg geführt, indem es zwei Briefe in meinen Kasten geworfen hatte, die nicht für mich bestimmt waren? Ich will mich nicht entschuldigen, aber so war es doch. Bei meiner heimlichen Lektüre stieß ich auf rührende Zeilen, wütende, verzeihende, traurige, aber auch auf solche voller Glück. Immer wieder erschienen die Briefeschreiber und ihre Empfänger vor meinem inneren Auge, und ich stellte mir vor, wer sich hinter den Zeilen verbarg. Die Buchstaben nahmen eine menschliche Gestalt an. Meine Spaziergänge durch die Stadt weitete ich aus. Denn bei all dem Vergnügen, das mir meine neue Leidenschaft bereitete, litt ich doch unter einer ständigen Angst, erwischt zu werden. Nie suchte ich ein Haus oder eine Wohnanlage zweimal auf.

Nur einmal machte ich den Fehler, das Revier nicht sofort zu wechseln, nachdem mich ein Brief zu Tränen gerührt hatte. Darin gestand ein junger Mann einer Frau, die er offenbar durch Zufall in einer Straßenbahn kennengelernt hatte, seine Liebe. Sie erwiderte seine Gefühle, doch waren sie beide verheiratet und wussten nicht, was sie tun sollten. Ihre langjährigen Partner verlassen? Die neue Liebe wagen? Für mich war der erste Brief wie der Beginn eines Fortsetzungsromans. Weil ich unbedingt wissen musste, wie es weiterging, beging ich *den* Fehler, den ich um jeden Preis vermeiden wollte. Immer wieder ging ich zu derselben Wohnanlage in der Hoffnung, einen weiteren Brief des Liebespaares vorzufinden. Doch ich wurde enttäuscht. Vielmehr weckte ich das Interesse eines anderen Hausbewohners, der mich eines Tages ansprach. Ich gab vor, jemanden im Haus besuchen zu wollen, und nahm panisch den Lift nach oben. Nur bitte keine weiteren Diskussionen. Ich fuhr in den obersten Stock und stieg aus. Mir war klar, dass ich mich eine Zeit lang hier oben verstecken musste, bevor ich es wagen konnte, wieder nach unten zu fahren und mich aus dem Haus zu schleichen. Es waren keine fünf Minuten vergangen, als der Aufzug wieder in meinem Stockwerk anhielt. Ich versteckte mich hinter einem großen Gummibaum, der dort seine trocken-traurige Existenz fristete, und hielt die Luft an. Sicherlich wäre es schlauer gewesen, einfach unschuldig zu tun und meinerseits wieder den Lift nach unten zu nehmen. Aber ich hatte Angst, dass mich wieder jemand ansprechen würde. Ich hörte Schritte, die sich Gott sei Dank langsam entfernten. Allerdings hörte ich nicht das Geräusch einer sich öffnenden Tür. Wo war der Aufzugfahrer? Vorsichtig lugte ich aus meinem Versteck hervor und sah einen Mann, so etwa um die sechzig, kurze, aber wilde schwarze Haare, Schnurrbart, etwas stämmig. Der Mann trug einen blauen Overall. Overall!? Ich sah mir den Mann genauer an. Es war der Läufer, dem ich nach dem Treffen mit Elisabeth im Café kurz begegnet war. Nun, da ich ihn etwas länger betrachten konnte, erinnerte er mich an den Mann von der Tankstelle, an der Robert immer am liebsten getankt hatte. Er stand vor einer Wohnungstür und blickte sich vorsichtig um. Erst links, dann rechts in meine Richtung. Panisch schnellte ich zurück in der Hoffnung, nicht entdeckt zu werden, doch er sah mich nicht. Stattdessen hörte ich ein Klimpern, ein Scheppern. Ich musste es riskieren und spähte vorsichtig wieder hervor. Der Mann im Overall hantierte mit einigen Schlüsseln. Auch wenn ich selten einen Krimi zu Ende sehen kann, weil ich sonst die ganze Nacht kein Auge zumache, verstand ich sofort. Das war kein Bewohner des Hauses, sondern ein Einbrecher! Dieser Mann, keine zehn Meter von mir entfernt, war ein Krimineller. Was, wenn er mich bemerkte? Was würde er mit mir machen? Ich war unfähig, mich zu bewegen. Ich habe ungefähr für eine Minute nicht geatmet. Oder für eine Ewigkeit. Wie durch ein Wunder bemerkte mich der Mann nicht, er war zu sehr auf seine Arbeit konzentriert. Dabei hatte ich nicht den Eindruck, dass er sich besonders geschickt anstellte. In einer Ratgebersendung im Fernsehen ging das einmal viel schneller. Also entweder war der Einbrecher vor mir ein Anfänger, untalentiert, oder das Fernsehen hatte mal wieder gelogen. Schließlich gelang es ihm, in die Wohnung zu kommen. Und ich konnte wieder atmen. Mir schossen viele Gedanken durch den Kopf, und mir fiel der Name des Mannes von der Tankstelle wieder ein: Mario. Ich glaube, das war nicht sein richtiger Name, aber jeder nannte ihn so, weil er einen an einen bekannten deutschen Schauspieler erinnerte: Mario Adorf.

Neun

Ich musste nicht lange hinter dem Haus unter dem Glasdach mit den Müllcontainern ausharren, bis sich ein Polizeiwagen langsam dem Mietshaus näherte. Gott sei Dank, denn der Geruch, der aus den Containern drang, war ekelhaft. Ich mag mir nicht vorstellen, was manche Menschen in den Müll werfen. Der Geruch war eine Mischung aus abgekochtem Pansen und der Ausdünstung von hundert Bergsteigern, die wochenlang im Schneetreiben auf einer Berghütte eingeschlossen waren. Nicht dass ich jemals auf einer Berghütte übernachtet hätte. Ich liebe die Berge, besteige sie aber ungern, denn ich habe Höhenangst. So schlimm, dass ich sogar das Fensterputzen immer Robert überlassen habe. Der Geruch von abgekochtem Pansen war mir dagegen seit meiner Kindheit vertraut. Zweimal die Woche ging ich nach der Schule mit zu einer Schulfreundin, deren Mutter eine Art Hundesitterin war und für die Vierbeiner regelmäßig Fleisch abkochte.

Der Polizeiwagen kam mit Blaulicht, aber ohne Sirene angefahren. Sie wollten den Einbrecher nicht warnen. Ich hatte von meinem Handy aus bei der Polizei angerufen. Ich wollte nie ein Handy besitzen, aber Robert hatte es mir eines Tages geschenkt, für den Fall der Fälle, wie er sagte. Ihm zuliebe hatte ich mir die Funktion der Tasten angeeignet, so dass ich mit dem Ding telefonieren konnte, aber auch nicht mehr. Aus Gewohnheit hatte ich es immer dabei, auch wenn ich es nie brauchte. Wer sollte mich schon anrufen, und wen sollte ich anrufen? An dem Tag brauchte ich es plötzlich, und mit zitternden Händen hatte ich den Notruf gewählt und meine Beobachtung gemeldet. Allerdings trotz mehrmaliger Nachfrage anonym. Man hätte mich gefragt, was ich in dem Haus zu suchen gehabt hätte, und ich wäre mit meinen Versuchen, mich herauszulügen, grandios gescheitert. Man hätte mich mit auf die Wache genommen, mich verhört, mich eventuell einer Komplizenschaft verdächtigt.

Ich wollte, dass der Einbrecher geschnappt wurde und der ahnungslose Bewohner nicht eine ausgeplünderte Wohnung vorfand, wenn er abends nach Hause kam. Vor allem wollte ich nicht, dass ein Einbrecher vielleicht meinen verliebten Briefeschreiber ausraubte. Nicht dass er dann aus Frust und Trübsal nicht mehr schrieb und die Liebespoesie ein Ende hätte.

Die beiden Beamten stiegen schnell aus und verschwanden im Haus. Ich wusste nicht, was ich tun sollte, wollte aber auch nichts verpassen. Deshalb musste ich meinen Platz bei den Containern aufgeben. Vorsichtig schlich ich aus meinem Versteck und blickte nach oben zu der Wohnung. Vielleicht würde es zu einem Showdown auf dem Balkon im zehnten Stock kommen. Schade, dass ich mein Opernglas nicht dabeihatte. Den Begriff Showdown habe ich von einem jungen Kunden bei uns im Schreibwarenladen gelernt, dessen Vater beim Film arbeitete. Showdown ist, wenn am Ende eines Filmes in ein paar Minuten die Handlung auf den Kopf gestellt wird und die Geschichte mit Gewalt ein Ende findet. Seit damals achte ich auf den Schluss eines Filmes, wann und wie ein Showdown beginnt.

Ich stand vor dem Haus und blickte nach oben, konnte aber nichts erkennen, zumindest nicht ohne meine Brille, die zu Hause auf der Kommode lag. Plötzlich hörte ich eine hohe, piepsige Stimme, die mich aus meiner konzentrierten Beobachtung riss.

»Was ist denn da oben?«

Vor mir stand ein kleiner Steppke, etwa acht Jahre alt, Kaugummi kauend, einen Fuß auf dem Skateboard.

»Nichts. Da ist nichts.«

»Warum glotzt du dann so?«

»Das tue ich doch gar nicht.«

»Doch, das tust du.«

»Ich sag dir doch, da ist nichts.«

»Wenn du mir nicht sofort sagst, was los ist, schreie ich.«

Ich musterte den Bengel, der keine Miene verzog. So stelle ich mir einst die Wiedergeburt von Clint Eastwood vor.

»Sag schon.«

»Ich wollte nur wissen, ob ich meine Balkonblumen von hier unten sehen kann«, log ich.

»Das ist eine Lüge. Du wohnst gar nicht hier.«

»Woher willst du das wissen?«

Der Junge blieb verdächtig still, bis er mit einem Mal aus vollem Hals zu schreien begann.

»Aaaaaah!!«

Ich war wie versteinert, bis mir klar wurde, dass ich nur

eine Chance hatte: Ich musste so schnell wie möglich das Weite suchen. Nichts wie weg von hier. Ich trippelte los, an dem schreienden Jungen vorbei Richtung Straße. Er schrie und schrie. Vielleicht trainierte er mit seinen Klassenkameraden, wer am längsten im Schwimmbad unter Wasser die Luft anhalten konnte, und er war der Beste. Bald wurde sein Schreien vom lauten Rufen seiner Mutter unterbrochen, die sich Sorgen machte, was ihrem Jungen passiert sein könnte. Ich wollte nicht wissen, welch schauerliche Lügengeschichte sich der Bengel ausgedacht haben mochte. Um sich wichtigzumachen, würde er vielleicht behaupten, ich hätte ihm sein Skateboard klauen wollen. Und Ärger mit der Polizei konnte ich auf keinen Fall gebrauchen. Ich wurde immer panischer und rannte schließlich, so schnell ich konnte. Das war nicht sehr schnell, aber doch schnell genug, um eine Schwangere, die einen Kinderwagen vor sich herschob und einen sehr alten Dackel an der Leine hatte, zu überholen. Mit letzter Mühe erreichte ich die Straßenbahn. Dabei stieß ich mit einem Mann zusammen, der ebenfalls einsteigen wollte.

»Entschuldigung. Nach Ihnen.«

Der Mann lächelte mich freundlich an. Ich stieg ein, lächelte aber nicht zurück, sondern konzentrierte mich darauf, nicht zusammenzubrechen. Mir wurde heiß und kalt. Der Mann, der mir den Vortritt ließ, war Mario. Nicht der Mario von der Tankstelle, nicht Mario, der Schauspieler, sondern Mario, der Einbrecher aus dem Mietshaus. Die von mir gerufenen Polizisten waren offenbar zu spät gekommen, oder es war ihm gelungen, ihnen zu entwischen. Vor lauter Panik bemerkte ich erst auf den zweiten Blick, dass sich an dem Mann etwas verändert hatte. Er trug keinen Schnurrbart mehr. Den offensichtlich falschen Bart hatte er inzwischen abgenommen. Der eindeutige Beweis, dass er ein Krimineller war.

Das Rattern der Bahn hörte sich für mich an wie aus einer anderen Welt, und ich war wie in Trance. Ich war nicht an meiner Station ausgestiegen, weil ich den Mann nicht aus den Augen lassen wollte. Andererseits durfte er nicht merken, dass ich ihn beobachtete. Wahrscheinlich verhielt ich mich auffällig, aber ich war kein gelernter Agent, nur eine neugierige alte Frau, die wissen wollte, wo ein Einbrecher hinfuhr, der sich dem Zugriff der Polizei entzogen hatte. Als Mario ausstieg, wartete ich bis zur letzten Sekunde, um ihm zu folgen.

Er ging zielstrebig die Straße hinunter, ohne sich umzudrehen. Ich folgte ihm. Mal blickte ich in ein Schaufenster mit den schönsten Brautmoden der Saison, mal warf ich einen Blick in die Welt antiker Modelleisenbahnen oder blieb vor dem Schaufenster eines Metzgers stehen. Wer schaut normalerweise in das Schaufenster eines Metzgers? Ich tat es. Richtige Agenten gehen sicher auch so vor, um unbemerkt jemanden beschatten zu können. Die Fotos in der Auslage des Metzgers zeigten Würste aus Thüringen und waren leicht vergilbt. Dieser Metzger würde nie der Metzger meines Vertrauens werden. Als ich wie beiläufig wieder aufblickte, merkte ich, dass Mario verschwunden war. Er musste um die nächste Straßenecke gebogen sein. Ich eilte hinterher. Die Straße traf hier auf einen kleinen Platz, wo sich etliche Menschen tummelten. Von Mario war nichts zu sehen. Ich hatte ihn verloren. Hatte er vielleicht bemerkt, dass ich ihm gefolgt war, und mich abgeschüttelt? Mir wurde schwummrig.

Ich war viel zu unvorsichtig gewesen. Ich musste mich ausruhen und setzte mich auf eine Parkbank in der kleinen Grünanlage in der Mitte des Platzes.

Nach einer Weile wurde ich durch ein Donnern und Grollen aus meinen Gedanken gerissen. Schlagartig verdunkelte sich die Welt um mich, als hätte jemand das Licht ausgemacht. Dunkle Wolken schoben sich über den Hausdächern zusammen. Mit der Klimaveränderung steigt die Gefahr von Gewittern, die immer stärker werden und länger andauern. Ich wollte nur noch nach Hause und machte mich auf den Weg.

Schließlich war es nicht mehr sehr weit bis zu meiner Wohnung. Aber da das Donnern näher kam und es immer häufiger blitzte, beschleunigte ich meine Schritte. Ich musste all meine Kraft zusammennehmen, um gegen den Wind anzukommen, der mir immer stärker ins Gesicht blies. Mein Mantel öffnete sich nach einem besonders kräftigen Windstoß, und ich drohte, mich wie ein Flugdrachen in die Lüfte zu erheben. Mit aller Kraft hielt ich den Mantel vorn am Kragen zusammen und kämpfte mich vorwärts gegen die Böen. Um besser dagegen anzukommen, ging ich leicht gebückt. Schritt für Schritt. Schon klatschten vereinzelt Tropfen auf den Asphalt, und dann mit einem Mal schüttete es. Ich würde es nicht mehr bis nach Hause schaffen und flüchtete in den Hauseingang eines Hochhauses. Der Regen prasselte so stark gegen die Scheiben, dass ich mir wie ein Auto in einer Waschstraße vorkam. Ich schüttelte mich und schaute mich um. Ich stand direkt vor einer Wand mit unzähligen Briefkästen. Ein Paradies! Ein Brief lag auf einem gemauerten Absatz direkt unter den Kästen. Ich steckte ihn in meine Handtasche. Wenn mir das Schicksal diesen Brief so präsentierte, konnte ich nicht Nein sagen. Das hätte ich allerdings besser tun sollen. Denn mit diesem Brief nahm mein Leben einen dramatischen Verlauf.

Zehn

Liebste, oh Du mein Phosphor, Du mein Licht …«

Mit Zeilen aus einer Erzählung von Hermann Hesse, wenn ich mich recht erinnerte, begann der Brief, der in schöner Handschrift verfasst war. Das Kuvert war ebenso wie der Briefbogen von einer matten blauen Farbe, dezent gemustert, aus erlesenem Papier. Papier war schon immer eine große Leidenschaft von mir, ebenso wie Stoffe. Alles Handwerkliche. Ich genieße es, wenn man eine bestimmte Qualität schon beim Anfassen erspürt. Dieses Gefühl, wenn man mit den Fingerkuppen zärtlich darüberstreicht. Dieses Papier hatte eine herausragende Qualität.

Ich legte den Brief zur Seite und machte mir ein Kännchen grünen Tee aus dem Hochland Sri Lankas. Ich wollte diesen Brief genießen, der, da war ich mir sicher, etwas ganz Besonderes war. Aus dem Schrank im Schlafzimmer kramte ich die rot karierte Wolldecke heraus, die sich Robert an kalten Tagen so gern über die Knie gelegt hatte. Seit seinem Tod hatte ich die Decke nicht mehr benutzt, aber nun legte ich sie mir über die Knie, so wie er es getan hätte. Das Gewitter nahm an Stärke zu, und es donnerte, als hätte der Wettergott bösen Reizhusten. Hin und wieder hellte ein Blitz die Stadt auf. Ich fühlte mich wohl und geborgen in meiner Wohnung und nahm den Brief wieder in die Hand.

»Liebste ...«

Ein Klingeln an meiner Wohnungstür ließ mich zusammenzucken, und schnell löschte ich das Licht. Vielleicht besser, wenn ich vorgab, nicht zu Hause zu sein. Ich erwartete niemanden, und ich wollte auch niemanden sehen, schon gar nicht einen Vertreter. Ich presste mich in meinen Sessel und hielt die Luft an, als würde ich dadurch unsichtbar. Ich lauschte. Gott sei Dank, das Klingeln hatte aufgehört. Sicherlich war es nur ein Handwerker oder Lieferant gewesen, der am Eingang wahllos geklingelt hatte, um ins Haus zu gelangen. Doch mich packte die Neugier, und auf leisen Sohlen schlich ich in den Flur. Die Lichter ließ ich alle gelöscht. Als ich mich an der Tür auf die Zehen stellte, um durch den Spion ins Treppenhaus zu spähen, klingelte es wieder, laut und unerbittlich. Ich erstarrte. Vorsichtig schob ich ein Auge an den Spion. Vor meiner Wohnungstür standen zwei Polizisten in Uniform. Ein Mann und eine Frau. Sie starrten erwartungsvoll auf meine Wohnungstür, klingelten abermals. Ich japste und rang nach Luft. Sicherlich waren sie wegen der Briefe gekommen, die ich in letzter Zeit, wenn auch nur vorübergehend, entwendet hatte. Die Staatsgewalt wollte mich mitnehmen.

So war es dann auch. Man legte mir Handschellen an, und unter den erstaunten und bösen Blicken der anderen Hausbewohner wurde ich abgeführt. Der Hausmeister Herr Niedernberger rief mir hinterher, dass er so etwas nie von mir gedacht hätte. Ich, eine Kriminelle! Vor dem Haus warteten neben dem vergitterten Mannschaftswagen, in den ich gebracht wurde, zahlreiche Journalisten. Die Reporter stritten sich um die besten Plätze. Mehrere Fernsehteams berichteten live, unbeteiligte Passanten beschimpften mich. Einer warf mit einem Apfel, den er gerade essen wollte, nach mir, verfehlte mich aber. Ein Polizist packte mich fest am Handgelenk, aber ich kam nur langsam voran, denn nicht nur meine Hände, sondern auch meine Füße waren gefesselt. Ich trug einen orangen Overall aus festem, sperrigem Material. Ein weiteres Klingeln riss mich aus meinen Gedanken. Es ist erstaunlich, was sich in wenigen Sekunden für Vorstellungen in einem Kopf ansammeln können.

Die beiden Polizisten würden nicht einfach so wieder gehen. Ich musste sie hereinlassen und war schon dabei, die Sicherheitskette zu entriegeln, als mich ein Gedanke wie ein Blitz traf: der Brief! Wenn ich sie hereinließ, würden sie im Wohnzimmer den Brief entdecken. Den schlagenden Beweis für all mein verderbliches Tun der letzten Wochen. Ich trippelte schnell zurück ins Wohnzimmer, wobei ich fast über die Teppichkante gefallen wäre. Denn in der Dunkelheit sah ich nichts. Wohin mit dem Brief? Schränke und Kommoden würden sie zuerst durchsuchen. In meiner Panik und Verzweiflung öffnete ich die Balkontür. Der Wind blies mir ins Gesicht. Ich nahm den Briefbogen und das Kuvert und legte beides unter einen kleinen Blumentopf mit chinesischer Minze. Robert hatte eine Vorliebe für Tee mit frischer Minze. Dann ging ich zurück und öffnete zitternd die Wohnungstür, die beiden Polizisten musterten mich freundlich.

»Guten Abend, Frau Westermann. Dürfen wir hereinkommen?«

Ich hustete, mir war kalt und heiß zugleich.

»Worum geht es denn?«

»Das würden wir gerne drinnen mit Ihnen besprechen und nicht hier im Hausflur.«

»Es ist gerade etwas schlecht.«

»Es dauert auch nicht lange.«

»Na gut. Kommen Sie bitte herein.«

»Danke. Vielleicht könnten Sie das Licht anmachen.«

»Das Licht? Ach ja, natürlich.«

»Wir hoffen, wir haben Sie nicht geweckt.«

»Nein, nein, ich habe … ich habe mich nur ein bisschen ausgeruht.«

Wir gingen ins immer noch dunkle Wohnzimmer, in dem ich nun wieder das Licht anmachte. Die beiden sahen sich um. Ich weiß nicht, ob sie etwas Bestimmtes suchten oder ob es die professionelle Gewohnheit war, die Umgebung genauer in Augenschein zu nehmen. Wieder musste ich husten.

»Sie haben vorhin bei uns auf der Wache angerufen und einen Einbruch gemeldet.«

Ich neigte den Kopf, wusste nicht, was ich sagen sollte, tat so, als wäre ich für einen Augenblick geistesabwesend. Gleichzeitig hatte ich das Gefühl, als würde eine Horde wild gewordener Affen in meinem Kopf Basketball spielen.

»Frau Westermann. Das waren doch Sie? Oder hat jemand anders Ihr Telefon benutzt?«

Mir wurde klar, dass sie bei der Polizei meine Nummer auf dem Display gesehen hatten und deswegen nun bei mir zu Hause erschienen waren. Ihr Auftauchen hatte nichts mit meinen Briefaktionen zu tun. Mit einem Mal ließ meine Nervosität etwas nach, und ich fühlte mich sicherer. Die Erleichterung gab mir Kraft, auf ihre Fragen bessere Antworten zu finden. Wenn es sein musste, versuchte ich mich sogar an kleineren Lügereien. So gab ich an, nur deswegen meinen Namen nicht genannt zu haben, weil ich die Frage nicht verstanden hätte. Dafür konnte ich den Polizisten eine Beschreibung des Einbrechers geben. Schließlich hatte ich ihn in der Straßenbahn länger in Augenschein nehmen können. Es stellte sich heraus, dass ebenjener Einbrecher schon seit längerem beobachtet worden war. Allerdings schien er immer sehr besonnen vorzugehen, nichts zu beschädigen und nur Kleinigkeiten mitzunehmen, darunter auch Lebensmittel. Doch Einbruch bleibt Einbruch. Mitten im Gespräch erhielten die beiden Polizisten einen dringenden Funkspruch und verabschiedeten sich. Ich konnte sie kaum zur Tür bringen, so eilig hatten sie es plötzlich. Die Tür fiel hinter ihnen ins Schloss.

Ich verharrte einige Sekunden mitten im Wohnzimmer und atmete tief durch. Ich brauchte einen Moment, um wieder klar im Kopf zu werden, und öffnete die Balkontür. Vorsichtig hob ich den Blumentopf hoch, um das Kuvert und den Brief aus dem Versteck zu holen. Wieder Donnergrollen und Blitzen. Ich zuckte zusammen, musste mich kurz am Geländer festhalten. Ein Windstoß erwischte meine Haare. Ich richtete sie wieder, so gut es ging. Dabei blickte ich für einen Moment zum Nachbarhaus. Da stand er! John Lennon stand am Fenster und schaute mit stechendem Blick zu mir herüber. Ich hatte keine Ahnung, wie lange er schon so dagestanden haben mochte. Ich war wie versteinert. Diese ominöse Erscheinung. Was wollte er von mir? Ich konnte nicht anders, als zurückzustarren. Er hielt den Blick auf mich gerichtet, hob überraschend die Hand und winkte mir. Das Winken erwiderte ich nicht, zumal eine Böe fast meinen Schirm im Schirmständer umgeworfen hätte. Ich konnte ihn gerade noch retten, indem ich ihn mit beiden Händen packte. Eine zweite, noch stärkere Böe ergriff nun Brief und Kuvert, die ich zwischen meine Knie geklemmt hatte, um die Hände frei zu haben. Während ich den Brief retten konnte, wurde der Umschlag von dem stürmischen Wind erfasst und weggeweht. Hilflos sah ich dem Papier nach, wie es hin und her gewirbelt wurde. Wie ein kleiner Papierflieger. Mal schoss der Flieger senkrecht ein paar Meter hoch in die Luft, dann stürzte er ab. Ich verlor das Kuvert aus den Augen. Den Brief fest mit einer Hand umklammert ging ich zurück ins Wohnzimmer. Ich wusste in diesem Augenblick, dass dieser Brief seinen wahren Empfänger nie erreichen würde, denn vorhin beim Öffnen hatte ich es versäumt, einen Blick auf den Umschlag zu werfen, und keinen blassen Schimmer, für wen dieser Brief gedacht war. Nun lag er wie eine böse Vorahnung vor mir auf dem Wohnzimmertisch. Ich fühlte mich elendig. Dabei kannte ich zu der Zeit noch nicht einmal seinen brisanten Inhalt.

Elf

Es war bestimmt länger als eine Stunde, dass ich in unserem Block herumgeirrt war. Wolkenbrüche entluden sich über mich. Die Gullys waren nicht mehr in der Lage, die Unmengen von Wasser aufzunehmen. Sonst war kein Mensch unterwegs, zumindest nicht zu Fuß. Hin und wieder hielt ein Fahrer in seinem Wagen neben mir, um mich zu fragen, ob er mir irgendwie helfen könne. Ich machte wohl einen hilflosen und gleichzeitig gespenstisch-unwirklichen Eindruck. Eine alte Frau, pitschpatschnass, unterwegs in einer Sintflut. Zu gerne wäre ich zu einem der Hilfsbereiten ins Trockene gestiegen, aber ich konnte nicht. Um jeden Preis musste ich diesen Briefumschlag finden, umso mehr, als ich inzwischen den Brief gelesen hatte. Danach war mir eines klar geworden: Es ging hier um Leben und Tod, und ich kämpfte dabei einen einsamen Kampf.

Marlene hatte mir einmal erzählt, wie sie auf einer Insel, ich glaube, es war Kreta, in den Wagen eines unbekannten Mannes gestiegen war. Der hatte sie mitgenommen, als ihr und Heinz in ihrem Mietwagen das Benzin ausgegangen war. Heinz wollte beim Wagen bleiben, und Marlene sollte mit dem Unbekannten ins nächste Dorf fahren, um dort Benzin zu organisieren. Was sie nicht wusste: Der Mann war nur wenige Stunden zuvor von seiner Frau verlassen worden und drohte nun, sich umzubringen, wenn diese ihre Entscheidung nicht rückgängig machte. Während der Fahrt telefonierte er ständig hektisch mit dem Handy. Marlene hatte versucht, den Mann zu beruhigen, was ihr aber nicht gelang, da er meistens, wenn er nicht ins Telefon brüllte, heulte und jammerte. Aussteigen konnte sie nicht, weil er nie anhielt, selbst dann nicht, als eine Schafherde den Weg kreuzte. Stattdessen umkurvte er die Tiere in rasendem Tempo. Erst als dem Mann selbst überraschend das Benzin ausgegangen war, konnte sie aus dem Wagen springen und zu Fuß weitergehen. Einige Kilometer schleppte sie sich die Straße entlang, ohne dass zunächst ein Auto vorbeigekommen wäre. Als nach über einer halben Stunde doch jemand hielt, schlug sie dessen Angebot, sie mitzunehmen, panisch aus, sah sie doch, dass schon ein anderer in dem Wagen Platz genommen hatte: der handybesessene Selbstmordkandidat. Nach Marlenes Erzählung hatte ich beschlossen, nie mehr zu jemandem in den Wagen zu steigen, den ich nicht kannte. Doch jetzt, in diesem Chaos aus Donner, Blitz und Regengüssen, hätte ich schließlich zu gerne eine Ausnahme gemacht. Doch ich konnte nicht, durfte nicht, weil ich um jeden Preis herausfinden musste, an wen der Brief gerichtet war.

Nachdem die beiden Polizisten gegangen waren und ich im Sturm den Umschlag verloren hatte, fand ich endlich Zeit, den Brief zu lesen. Es war ein ergreifender, romantischer Brief. Eine einzige Liebeserklärung. Ein Mann hatte im Urlaub eine Frau kennengelernt, die Liebe seines Lebens, wie er in dramatischen Worten schilderte. Aber offenbar erwiderte die Frau die Liebe nicht mehr und hatte bisher nicht auf seine Briefe geantwortet. Er war verzweifelt, wollte wenigstens ein letztes Treffen und bat sie, zu »ihrem« Café zu kommen. Welches »ihr« Café war, schrieb er nicht. Er schrieb nur, dass er dort jeden Tag um drei Uhr nachmittags auf sie warten würde. Jeden Tag. Wie viele Tage, stand dort auch nicht. Das Schlimmste war: Der Brief endete mit den Worten, dass sein Leben ohne sie, zumindest ohne dieses Treffen, keinen Sinn mehr mache. Er wolle nicht in einer leeren Welt weiterleben und drohte mit Selbstmord.

Ich hielt mich an einer Straßenlaterne fest, während ein Tankfahrzeug an mir vorbeibretterte. Ich bekam eine Dusche von oben ab, wie in einem Werbespot für ein erfrischendes Deo. Nur stand ich nicht unter Palmen und genoss auch nicht eine einzigartige Kühle und Frische in der tropischen Wärme. Ich war einfach nur durch und durch nass. Ich schüttelte mich und zitterte. Wenn ich diesen Brief nicht mitgenommen hätte, wäre er sicher bei der richtigen Empfängerin gelandet. Aber jetzt: Diese Frau würde nie erfahren, dass sie durch ihr Handeln das Leben eines Menschen hätte retten können. Was hatte er geschrieben? Ein letztes Treffen! Ich hätte mich übergeben können, aber erstens hatte ich noch nichts gegessen und zweitens: Auch wenn es regnete, als ginge die Welt unter, auch wenn ich kurz davorstand, für das Ableben eines Menschen verantwortlich zu sein, auch wenn ich in dem Augenblick dachte, ich würde den Halt unter den Füßen verlieren, so wollte ich doch Haltung bewahren. Es ging niemanden etwas an, wie es wirklich um mich stand. Ich hätte jemanden gebraucht, dem ich mich hätte anvertrauen können, einen Freund, eine Freundin. Robert! Aber Robert war tot. Marlene lebte in einer anderen, ihrer eigenen Welt. Und Elisabeth? Sie war die größte Enttäuschung meines Lebens.

Der Regen ließ nach, und es zeigten sich sogar vereinzelt blaue Flecken am Himmel. Nach dem starken Regen war die Luft herrlich klar. Ich schloss kurz die Augen, atmete durch und dachte nach. Wie sollte ich bei meiner Suche vorgehen? Ich suchte einen blauen Briefumschlag, den der Wind irgendwohin getragen hatte. Vielleicht war er auch schon durch einen Gully entschwunden auf dem Weg in den großen, tiefen Atlantik. Andererseits bestand die Hoffnung, dass er irgendwo hängen geblieben war. Vielleicht lag er hier ganz in der Nähe, und ich sah ihn nicht, weil ich durch meine beschlagene Brille fast nichts erkennen konnte. Ich war wie ein Auto im Regen mit einer Frontscheibe ohne Scheibenwischer. Ich blinzelte zum Himmel. Ein klitzekleines blaues Fleckchen Hoffnung.

Das Gewitter hatte mir nur eine kurze Pause gegönnt. Die vereinzelten Sonnenstrahlen waren hinter dunklen Wolken verschwunden, und es regnete wieder in Strömen. Langsam dämmerte mir, dass meine Suche vergeblich war. Ich war völlig durchnässt und fror wie ein nacktes Hundebaby in der Arktis. Unter einem großen Baum suchte ich Schutz und kauerte mich auf den Boden. Ich hätte mich jetzt sogar von einem freundlichen Autofahrer mitnehmen lassen, aber nun hielt kein Auto mehr. Ich schlief mitten in dem ganzen Durcheinander ein, bis mich eine weibliche Stimme weckte.

»Hallo. Hallo.«

Eine Hand schüttelte mich langsam wach. Vor mir stand die Polizistin von vorhin.

»Was machen Sie denn hier draußen?«

Auch wenn ich gerade erst aufgewacht war, verstand ich, dass jetzt nicht der richtige Augenblick für irgendwelche umfangreichen Erklärungen war. Schon gar nicht darüber, warum ich im Gewitter unzureichend bekleidet auf der Suche nach einem Brief war, der mich nichts anging. Also sagte ich einfach:

»Das sage ich Ihnen lieber nicht.«

Nun sah ich auch den Kollegen der freundlichen Polizistin. Die beiden wechselten einen Blick, und der Mann griff nach seinem Funkgerät. Bloß das nicht. Ich wollte nicht, dass meinetwegen die Wache oder eine Leitstelle oder wer auch immer in Aufregung versetzt wurde.

»Mir geht es gut. Vielen Dank«, sagte ich hektisch. Mit Mühe stand ich auf. Rita – so hieß die Polizistin – half mir. Die beiden Beamten stützten mich und brachten mich zu ihrem Streifenwagen.

»Kommen Sie, wir bringen Sie nach Hause.«

»Danke, das ist sehr nett von Ihnen. Sie wissen ja, wo ich wohne.«

»Jaja, das ist eine ganze Ecke weg. Aber wir haben Zeit.«

Eine ganze Ecke weg? Auf der Suche nach dem verlorenen Briefumschlag hatte ich mich, ohne es zu merken, mehr und mehr aus meinem Viertel entfernt. Ich saß im Fond des Polizeiwagens und ließ die Stadtlandschaft an mir vorbeiziehen. Langsam wurde mir wärmer, was auch an der Decke lag, die mir die beiden um die Schultern gelegt hatten. Auch sie war kariert. Was wohl Robert sagen würde, wenn er mich jetzt sehen könnte? Ich vermisste ihn.

Als wir in die Straße zu meiner Wohnung einbogen, fühlte ich mich schon wieder besser. Der Umschlag war verschwunden, aber ich hatte noch den Brief. Ich wollte keine Möglichkeit unversucht lassen, die Geschichte noch zu einem guten Ende zu bringen. Morgen war ein neuer Tag.

Zwölf

Vor einigen Jahren habe ich einmal eine Dokumentation über unsere Stadt im Fernsehen gesehen, es wurden Sehenswürdigkeiten, Straßen und Plätze gezeigt, die ich vorher überhaupt nicht gekannt hatte, obwohl ich hier mit kleineren Unterbrechungen seit über fünfzig Jahren lebe. Aber meist kennt man die eigene Stadt weniger gut als die Städte, die man bewaffnet mit Reiseführern und Karten erobert. Ein Wuppertaler hat in Venedig sicher mehr Kirchen von innen gesehen als in seiner Heimatstadt. Jetzt könnte man sagen, dass das kein Wunder sei, gibt es doch in Venedig viel mehr Kirchen. Aber was ich sagen will, ist, dass er wahrscheinlich in Wuppertal nicht eine einzige Kirche von innen kennt, bis auf die, in der er getauft wurde, und die, in die er jedes Jahr einmal zu Weihnachten geht.

Ich hatte in der Nacht zuvor wieder fast keinen Schlaf gefunden. Ich hatte zwei Möglichkeiten. Erstens: Ich ging in das Haus in meiner Nachbarschaft, aus dem ich den Brief mitgenommen hatte, und versuchte herauszufinden, an wen er adressiert war. Die Empfängerin musste dort wohnen. Warum lag der Brief sonst auf dem Absatz unter den Briefkästen? Irgendjemand hatte ihn dort hingelegt. Hatte der Briefträger etwa auch diesen Brief falsch eingeworfen? Doch die Identität der Empfängerin ausfindig zu machen erschien mir nach einigem Überlegen aussichtslos. Es waren über hundert Briefkästen. Wo sollte ich da anfangen? Wen hätte ich ansprechen sollen? Und was sagen? Ich hatte doch überhaupt keinen Anhaltspunkt, wer die Empfängerin war.

Mein Ansatz war ein anderer. Ich wollte anhand des Textes herausbekommen, welches Café der Schreiber meinte. Dann konnte ich ihn abfangen und ihn davon abhalten, sich etwas anzutun. Und ich musste ihm alles erklären.

Wieder und wieder hatte ich den Brief studiert, und schließlich war es mir gelungen, aus dem Text einige wichtige Punkte zusammenzutragen. Ich suchte einen Platz mit einem kleinen Café, an einer Ecke einen Blumenladen oder einen Blumenstand. Denn auch davon schrieb der unbekannte Mann in seinen romantischen Zeilen.

Ein Besuch beim größten Buchhändler der Stadt sollte mich weiterbringen, so meine Idee. Doch erschien mir die Suche dort schnell aussichtslos, als ich sämtliche Bücher über die Stadt und Reiseführer in kleinen Türmchen in der Leseecke um mich herum aufgebaut hatte. Man muss mir mein Elend angesehen haben. Junge Mütter zogen ihre Kinder von mir weg, andere hielten ihren Schützlingen die Augen zu. Man flüsterte hinter vorgehaltener Hand über mich. Jedenfalls hatte ich diesen Eindruck. Als schließlich eine junge Buchhändlerin auf mich zukam, trat mir der Schweiß auf die Stirn. Ich muss sehr derangiert ausgesehen haben. Aber das war mein kleinstes Problem. Ich musste ein Menschenleben retten.

»Kann ich etwas für Sie tun?«

Die kleine, rothaarige Verkäuferin mit Pferdeschwanz und Sommersprossen schaute mich fragend an. Ich glaube, diese Frage war rein rhetorisch gemeint, und sie wollte im Grunde genommen mich darauf hinweisen, dass ich nicht so ein Chaos veranstalten sollte. Ich versuchte es mit der Wahrheit.

»Ich suche einen Platz mit einem Café und einem Blumenladen.«

Sie zögerte einen Moment. Dann hakte sie stirnrunzelnd nach.

»Sie meinen einen Platz mit einem Café und einem Blumenladen?«

»Genau.«

»Wissen Sie denn, welcher Autor?«

Ich verstand den Sinn ihrer Frage nicht und wünschte mir, Robert wäre bei mir und würde mir aus meiner misslichen Lage helfen. Die kleine Rothaarige drehte sich um und winkte einem jungen Mann, ebenfalls mit Pferdeschwanz.

»Hans-Günther, komm doch mal bitte.«

Hans-Günther kam dazu, wobei er eher schlich, was vermuten ließ, dass er in einem veganen Pastorenhaushalt aufgewachsen war.

»Kennst du den Titel ›Ein Platz mit einem Café und einem Blumenladen‹?«

Der junge Mann dachte nach und sagte dann:

»Habe ich schon mal gehört. Haben wir aber sicher nicht da, müssten wir bestellen.«

Ich war über seine Antwort erstaunt, und auch die kleine Rothaarige war von ihrem Kollegen beeindruckt, dass dieser auf Anhieb etwas zu sagen hatte. Sie wollte mehr wissen.

»Wer ist denn der Autor?«

Hans-Günther verschwand wieder und drehte sich nur für eine letzte Antwort im Gehen noch einmal um.

»Da musst du im Verzeichnis nachschauen.«

Das Mädchen neigte nachdenklich den Kopf. Ich hatte meine Sprache wiedergefunden.

»Entschuldigung, das ist ein Missverständnis. Ich suche kein Buch mit dem Titel Café und so weiter. Ich suche wirklich einen Platz mit einem Café und einem Blumenladen.«

Die Rothaarige musterte mich und schritt ernst zum Computer. Sie hatte mir einfach nicht zugehört.

»Wie auch immer. Das Buch müsste ich Ihnen bestellen. Mal sehen, welcher Großhändler es vorrätig hat.«

Ich verstand, dass eine weitere Diskussion mir nicht weiterhalf, zumal die Zeit unbarmherzig voranschritt. Hektisch verabschiedete ich mich, dankte für die Mühen und eilte zum Ausgang. Dabei übersah ich eine weitere Verkäuferin, die einen Stapel Taschenbücher vor sich herbalancierte. Nach dem Zusammenstoß mit mir ging sie leise fluchend zu Boden. Ich half ihr auf und bot meine Hilfe an. Wir unterhielten uns kurz, und ich brachte nochmals mein Anliegen vor. Sie sah mich nach einer Weile mitfühlend an. Auch wenn sie nicht wisse, warum ich diesen Platz suchen würde, habe sie einen Tipp für mich. Ich sollte mich an einen Taxifahrer wenden. Wenn sich jemand in der Stadt auskenne, dann die Taxifahrer. Ich hielt das für eine geniale Idee. Offenbar zu genial, als dass ich selbst draufgekommen wäre.

Keine Berufsgruppe hat wahrscheinlich so unterschiedliche Vertreter vorzuweisen wie die der Taxifahrer. Aber weder der ehemalige Medizinprofessor noch die Hausfrau mit Erfahrung in Nebenerwerbsprostitution, weder der bärtige griechische Schafhirte, der ein Verwandter von Anthony Quinn zu sein vorgab, noch der klein gewachsene charmante Witzemacher konnten mir weiterhelfen. Wobei der Medizinprofessor zu meiner Überraschung nicht aus Russland oder der Ukraine kam, sondern aus Andalusien, und der redegewandte Charmebolzen nicht aus Italien, sondern von Spitzbergen. Auch eine Art der Globalisierung. Keiner von ihnen hatte jedoch eine rechte Idee, welchen Platz ich suchte. Besser gesagt, jeder hatte mindestens eine Idee, bis er von dem Nächsten unterbrochen wurde, der ebenfalls wieder zwei weitere einbrachte. Das Spiel setzte sich fort, bis ein Mann sich mit seinem Wagen als Letzter in die Taxischlange einreihte. Er war etwa sechzig und sah aus wie ein ehemaliger Bundespräsident. Der mit dem gelben Wagen: Walter Scheel. Auch Scheel hörte sich meine Frage an und sagte dann erst einmal nichts. Genussvoll aß er einige Kürbiskerne, während er vor sich hin sinnierte. Dann fragte er mich – und er war der Erste –, warum ich denn diesen Platz überhaupt suchen würde. Die Frage war mir natürlich unangenehm. Vor allem vor etwa zehn Kollegen von Scheel, die mich alle erwartungsfroh anstarrten. Scheel verstand mein Zögern und lud mich in sein Taxi ein. Wir würden den Platz schon finden, so seine Worte. Wir fuhren los, wobei einige Kollegen zu schimpfen begannen, denn Walter Scheel war schließlich der Letzte in der Reihe der wartenden Taxis gewesen. Als ich ihm – etwas vage – verriet, warum ich zu diesem Platz wollte, hatte er spontan eine Idee. Natürlich erzählte ich ihm nicht die ganze Geschichte von dem Brief und dem Umschlag. Aber er wusste, dass es um eine Herzensangelegenheit ging. Er schmunzelte und warf mir im Rückspiegel einen vielsagenden Blick zu.

Erst als ich ausgestiegen war, fiel mir auf, dass ich den Platz schon kannte und vor kurzem schon einmal hier gewesen war. Bei der Verfolgung von Mario, dem Einbrecher. War das ein gutes oder ein schlechtes Omen?

Mein Blick schweifte über den Platz. Ich entdeckte das Café an einer Ecke und nicht weit entfernt davon einen Blumenstand. Es war halb drei. Ich überlegte, ob ich mich in das Café setzen sollte, doch dann sah ich eine Parkbank direkt neben einem Brunnen in der Mitte des Platzes. Die Parkbank war leer, und ich nahm so Platz, dass ich ungehindert zum Café hinüberschauen konnte. Ich ärgerte mich, dass ich keine Zeitung dabeihatte. Das hätte mein Vorhaben besser verschleiert, und ich hätte mich wie eine Agentin hinter einer Zeitung besser verbergen können.

In dem Café waren fast alle Plätze besetzt. An drei Tischen saß jeweils ein Mann allein. War *er* unter ihnen? Hatte einer von ihnen eine Verabredung? Hoffte einer von ihnen hier auf die Erfüllung seiner großen Liebe?

Dreizehn

An einem Ende des Cafés saß ein attraktiver, schlanker Mann mit mehreren Zeitungen auf dem Bistrotischchen vor ihm. Er trank Milchkaffee und tunkte immer wieder ein Croissant hinein, das er Bissen für Bissen genüsslich verspeiste. Er las abwechselnd in den Zeitungen und machte sich Notizen auf einem kleinen Schreibblock. Einige Male blickte er auf, sah sich scheinbar willkürlich um. Wartete dieser an den Schläfen schon leicht ergraute Mann Anfang fünfzig auf die Liebe seines Lebens? War man in so einer Situation nicht nervös? Hatte man nicht eine Rose auf den Knien und ein Glas Wasser vor sich, an dem man bisweilen nippte? Wischte man sich nicht hin und wieder mit dem Taschentuch den Schweiß von der Stirn, trommelte mit den Fingern und konnte nicht still sitzen? Dieser Mann machte so gar nicht den Eindruck auf mich, dass er wegen seiner großen Liebe Lampenfieber hätte. Ich beobachtete ihn noch einen Moment. George – ich nannte ihn wegen seines Aussehens und seiner grauen Schläfen nach einem bekannten amerikanischen Schauspieler. Robert und ich waren in den letzten Jahren selten im Kino, weil er sich immer über das Rascheln der Popcorntüten und das Knistern von mexikanischem Fastfood aufregte.

George kämpfte im stärker werdenden Wind mit seinen

Zeitungen, die sich der Reihe nach selbstständig machten. Mit zusammengepressten Zähnen fluchte er vor sich hin, wobei ich aufgrund der Entfernung nicht verstehen konnte, was er sagte. Als eine Zeitung schließlich quer über die Tische geweht wurde, stolperte er hinterher. Doch ein schlaksiger, groß gewachsener Mann fing die Zeitung auf. George bedankte sich freundlich und ging an seinen Tisch zurück. Der Schlaksige setzte sich wieder. Er hatte ein Glas Weißwein vor sich, und wie ich erst jetzt alarmiert bemerkte, lag eine rote Rose vor ihm auf dem Tisch. Mit flackerndem Blick sah er sich um. Ich war elektrisiert. War das der Mann, den ich suchte? Ich beschloss, ihn nicht aus den Augen zu lassen. Aufgrund seiner Größe gab ich dem Schlaksigen den Namen Nowitzky, nach einem bekannten Basketballer in Amerika. Nowitzky trommelte nicht nur nervös mit den Fingern auf der Tischplatte und zappelte hin und her, er blickte sich auch dauernd hektisch nach links und nach rechts um, wie ein Zuschauer auf der Tribüne bei einem spannenden Tennisspiel. Es war eindeutig: Er wartete auf jemanden. Eine Kirchenuhr, die laut und dunkel dreimal schlug, ließ mich hochschrecken. Drei Uhr. Auch Nowitzky blickte zur Uhr, während George sich nicht um seine Umwelt kümmerte, sondern sich weiter mit seinen Zeitungen abmühte. Zuvor war mir noch ein dritter Mann aufgefallen, der ebenfalls allein in dem Café saß, den ich aber über Nowitzky ganz vergessen hatte. Mein Blick schweifte suchend über die Gäste, unter denen auffallend viele Liebespaare waren. Schließlich fand ich ihn, etwas abseits, er stand gerade auf. Er hatte Kleingeld auf den Tisch gelegt und wollte gehen. Der kleine, dickliche und nachlässig gekleidete Mann verschwand in der Menschenmenge. Es war eine Minute nach drei. Jeder Mann würde einer Frau mindestens eine Viertelstunde Verspätung einräumen, vor allem, wenn er in sie verliebt ist. Ich habe bei Hannelore, meiner Friseurin seit über zwanzig Jahren, in einer Zeitschrift in einem Artikel gelesen, dass in Kanada ein Mann über drei Jahre auf seine Angebetete gewartet hat. Auf einer Bank vor der Wartehalle eines kleinen Bahnhofs. Er hat diesen Platz nie verlassen, aus Angst, den Augenblick zu verpassen, in dem seine große Liebe endlich auftauchte. Bald gingen ihm seine Nahrungsvorräte aus. Der Besitzer einer nahe gelegenen Wurstbude hatte ein Einsehen mit dem Armen und versorgte ihn mit Würstchen und Pommes frites. Dieser Hilfsaktion schlossen sich bald eine Bäckerei und ein asiatischer Schnellimbiss an. Die Bahnangestellten öffneten ihre Waschräume und ließen den Mann dort im Warmen übernachten. Denn auch wenn an diesem kleinen Bahnhof nachts über Stunden hinweg kein Zug hielt, so wollte der Mann keinesfalls nach Hause. Aber vielleicht hatte er auch kein Zuhause mehr, und es war ihm im Laufe der Zeit gekündigt worden. Über drei Jahre wartete er. Wie die Geschichte des Verliebten am Bahnhof ausgegangen ist, weiß ich nicht mehr.

Der Tisch, an dem der kleine Dickliche gesessen hatte, war schnell wieder besetzt. Wieder ein Mann, allein! Allerdings setzte er sich so, dass ich ihn nur von hinten sehen konnte, doch kam mir seine Gestalt bekannt vor, auch wenn mir nicht sofort klar war, woher. Unruhig rutschte ich auf meiner Bank herum. Sollte ich meine Position ändern, um ihn besser beobachten zu können? Allerdings durfte ich auf keinen Fall den nervös zappelnden

Nowitzky aus den Augen lassen. Ich schnappte mir meine Handtasche und stand von der Parkbank auf. Zielstrebig steuerte ich auf das Café zu, die Handtasche vor der Brust fest umklammert. George kämpfte mit seinen Zeitungen, während sich Nowitzky gerade noch ein Glas Wein bestellte. Das beruhigte mich. Niemand begeht Selbstmord, während er auf ein Glas Weißwein wartet.

Als ich das Café fast erreicht hatte, drehte sich der Mann, der mit dem Rücken zu mir gesessen hatte, plötzlich um. Mir fuhr der Schreck in die Glieder. Vor mir saß Mario, der Einbrecher. Unsere Blicke trafen sich, und für einen Augenblick war mir nicht klar, ob er mich erkannt hatte. Allerdings wendete er seinen Blick schnell wieder von mir ab. Mir war, als würden sich meine Beine langsam wie Elektrokabel zusammenrollen oder wegknicken wie marode Strommasten im Tornado. Ich schnappte nach Luft und war mit der Situation völlig überfordert. In diesem Augenblick wurde ein kleiner Tisch frei, direkt zwischen Nowitzky und Mario. Ich setzte mich, auch wenn ich das Gefühl hatte, dass alle mich anstarrten. Seht her! Das ist die Briefdiebin, die bald ein Menschenleben auf dem Gewissen hat!

Eine junge Bedienung mit Häubchen und passendem Schürzchen kam in meine Richtung. Ich wollte etwas sagen, als ich merkte, dass sie zunächst Mario neben mir bediente.

»Guten Tag, was darf ich Ihnen bringen?«

»Im Augenblick noch nichts, danke. Ich warte noch auf jemanden.«

Schlagartig riss ich den Kopf herum. Mario wollte nichts bestellen, weil er noch auf jemanden wartete. War er der

Mann, den ich suchte? Ich bestellte mir einen Prosecco in der Hoffnung, dass ein Gläschen meine Nerven beruhigen würde. Ich merkte, dass meine Hände zitterten. Ich war mitten im Auge des Hurrikans. Um mich herum drehte sich alles, die Welt verschwamm zu einem großen unklaren Bild. Ich musste mich zwingen, ruhig zu atmen, um nicht ohnmächtig zu werden. Die Bedienung brachte mir den Prosecco, aber ich war nicht in der Lage, einen Schluck zu nehmen, hatte Angst, dass mir das Glas aus der Hand fallen könnte oder dass ich alles verschüttete. Ich versuchte, mich auf das Geschehen um mich herum zu konzentrieren. George kämpfte mit den Papierbergen, Mario blickte wartend umher, und Nowitzky? Der zappelte. Plötzlich sang Marianne Rosenberg direkt neben mir von »dem Namen an der Tür«. Ihr Gesang war der Klingelton eines Handys. Nowitzky griff nervös in seine Sakkotasche und nahm nach einigen weiteren Takten das Gespräch an.

»Ja.«

»...«

»Nein, ich weiß überhaupt nicht, wie es weitergeht.«

»...«

»Vergiss es.«

»...«

»Lange werde ich jedenfalls nicht mehr warten.«

Mit diesen letzten Worten drückte er das Gespräch weg. Ich drehte mich langsam zu ihm um. Er lächelte verlegen. Ich weiß nicht, ob ich auch lächelte oder ob ich einen Krampf in den Lippen hatte, der jede normale Bewegung unmöglich machte. Auf jeden Fall spürte ich, wie sich meine Beine langsam streckten und ich mich erhob. Ich hörte mich etwas sagen.

»Entschuldigung, darf ich mich vielleicht einen Augenblick zu Ihnen setzen?«

Nowitzky lächelte und nickte einladend. Ich weiß nicht, ob es ihm recht war. Er war jedenfalls ein höflicher Mensch.

Vierzehn

Ich setzte mich an Nowitzkys Tisch. Während er mich abermals anlächelte, spielte ich hektisch mit meinen Händen. Keiner von uns beiden sagte etwas. Ich wünschte, ein zahnloser, ungewaschener Wikinger wäre gekommen und hätte mich entführt, egal wohin. Weiter Schweigen, dann …

»Gefällt es Ihnen nicht an Ihrem Tisch?«

»Oh doch, ich meine, nein. Ich …«

Ich merkte, dass ich stark in Gefahr geriet, Unsinn zu reden. Ich wollte nicht, dass mein Gegenüber mich für eine Verrückte hielt, die aus irgendeinem Altersheim ausgebüxt war, nachdem sie die Pflegerin mit ihrem Krückstock niedergeschlagen hatte, oder die schon Wochen allein in der Stadt herumgeirrt war, weil sie ihre Wohnung nicht mehr finden konnte. Nowitzky sollte mich nicht für senil, aufdringlich oder sozial verarmt halten. Ich wollte doch von ihm wissen, ob er sich hier mit seiner großen Liebe verabredet hatte. Ob er der Briefeschreiber war, der seinen Selbstmord angedroht hatte, sofern seine Liebste nicht erschien. Aber wie? Ich hatte nicht den Hauch einer Ahnung. Also sagte ich … nichts!!! Ich schaute nach diesen einleitenden zwei Sätzen teilnahmslos umher und wich, so gut es ging, seinem durchdringenden Blick aus. Ich hatte das Gefühl, dass alle in dem Café nach und nach verstummt waren und nun zu aufmerksamen Zuschauern in einem Stück wurden, das hier gerade unglücklicherweise aufgeführt wurde. Ein Stück mit einem Titel: »Die komische Alte« oder »Der ungewollte Besuch der alten Dame«. Ich zwang mich, ruhig zu atmen, schloss die Augen und dachte an die Arktis. Vor einigen Jahren, während eines besonders heißen Sommers in der Stadt, zeigten sie im Fernsehen Bilder von Eis und Kälte. Als eine Art Hilfsmaßnahme für die Menschen gegen die unerträgliche Hitze. Ich hatte mir diese Bilder gerne angesehen, nicht nur wegen der Hitze, sondern weil ich sie als sehr entspannend empfunden hatte. Nun versuchte ich, Eis, Arktis, Eisberge und ewiges, kaltes Land wieder vor meinem geistigen Auge entstehen zu lassen.

»Ach so, Sie sitzen jetzt hier?«

Die weiße Wüste löste sich im Nichts auf, und stattdessen trat die junge Bedienung ins Bild, die mich freundlich, aber auffordernd anlächelte.

»Darf ich Ihnen noch etwas bringen?«

»Ja, bitte noch einen Prosecco.«

»Kommt sofort.«

Schon war sie wieder entschwunden. Was blieb, war Nowitzky an meinem Tisch, besser gesagt ich an seinem. Es musste etwas passieren, ich musste etwas sagen.

»Hören Sie. Ich weiß, es geht mich nichts an. Aber Sie dürfen nicht aufgeben. Auch wenn Ihre Liebste heute nicht kommt, dann kommt sie vielleicht morgen. Oder vielleicht übermorgen. Oder in einer Woche. Geben Sie nicht auf! Auch wenn sie nie erscheinen sollte, ist das noch lange kein Grund, sein Leben wegzuwerfen. Das Leben ist viel zu schön. Sehen Sie, ich habe vor kurzem meinen geliebten Mann verloren. Er ist gestorben. Nie hätte ich damit gerechnet, dass er mich so bald verlässt. Und dann verlor ich noch meine besten Freundinnen. Sie sind beide nicht gestorben, aber dennoch habe ich sie verloren. Bitte! Bitte bringen Sie sich nicht um.«

Ich fasste die Hände des Mannes und drückte sie. Er zuckte zusammen und wich meinem Annäherungsversuch aus. Dann erst merkte ich, dass ich nicht die Hände des Mannes, sondern die Tischdecke fest im Griff hatte, während mein Gegenüber, mich betrachtend, an seinem Weinglas nippte. Seit neuestem legte ich nicht nur hin und wieder tagsüber ein kleines Nickerchen ein – manchmal auch nur einen Sekundenschlaf –, sondern die Ereignisse der letzten Zeit brachten mich dazu, dass ich mich öfters in das Reich der Fantasie flüchtete. Eine Folge meiner Einsamkeit? Ich wusste es nicht. Ich hatte Angst, dass mein Erscheinen hier endgültig in einem fürchterlichen Chaos endete, und entschlossen stand ich auf.

»Entschuldigung.«

Ich ging wieder zu meinem Tisch zurück. Nowitzky musste mich jetzt endgültig für verrückt halten, aber das war mir lieber, als in eine Situation zu geraten, die mir völlig aus der Hand zu gleiten drohte. Ich war ratlos.

Die Bedienung kam mit dem Prosecco an meinen neuen/alten Tisch.

»Ach, Sie sitzen jetzt wieder hier?«

Ich nickte, sagte nichts weiter dazu. Aus den Augenwinkeln bemerkte ich, dass Nowitzky mich immer noch anschaute. Sein Lächeln war einem besorgten Gesichtsausdruck gewichen. Das konnte ich verstehen. Ich würde mich auch sorgen, wenn mir jemand wie ich unterkäme. Wie sagt man so unter jungen Leuten? Total »gaga«.

Während George eine neue, bis jetzt ungelesene Zeitung aufschlug und Mario weiterhin ohne etwas zu trinken an seinem Tisch ausharrte, stand Nowitzky auf und kam seinerseits an meinen Tisch.

»Entschuldigung, darf ich mich einen Augenblick zu Ihnen setzen?«

Ich nickte, schluckte und wünschte, es täte sich irgendwo auf dem Platz ein Loch auf, gerade groß genug, um eine verrückte alte Frau zu verschlingen. Hauptsache weg von hier, und wenn das Loch direkt in die Hölle führte – schlimmer als die Hölle hier oben konnte die da unten auch nicht sein. Obwohl ich nichts weiter sagte, setzte sich Nowitzky mit seinem Glas Weißwein an meinen Tisch.

»Wohnen Sie hier?«

»Wie?«

»Ich meine, wohnen Sie hier in der Stadt?«

»Ja.«

»Schon lange?«

Ich zögerte mit einer Antwort. Was wollte er von mir?

»Ja, schon ein paar Jahre.«

Ich hatte das Gefühl, dass die Antwort »ein paar Jahre« so konkret war, dass er zufrieden sein konnte. Gleichzeitig aber so ungenau, dass ich nicht zu viel von mir preisgab.

»Dann kennen Sie sich sicher gut in der Stadt aus?«

»Na ja, das kommt darauf an.«

»Ich bin hier mit meinem Freund verabredet. Wir kommen beide nicht von hier, wollen aber heute Abend schön essen gehen. Hätten Sie nicht eine Idee?«

Ich überlegte einen Moment. Was hatte er gerade gesagt?

»Mit einem Freund?«

Nowitzky lachte.

»Nein, mit meinem Freund.«

»Ihr Freund ist ein Mann?«

»Ja. Stört Sie das?«

»Nein ... ganz im Gegenteil. Wirklich, ich finde das ganz wunderbar.«

Er war von der Klarheit meiner Antwort überrascht, aber er konnte auch nicht ahnen, was ich daran so wunderbar fand. Mein unbekannter Briefeschreiber wartete auf eine Frau. Das war aus den Zeilen deutlich herauszulesen, und Nowitzky wartete auf einen Mann. Ein riesiger Steinberg von der Größe eines italienischen Marmorsteinbruchs fiel mir vom Herzen. Ich trank meinen Prosecco in einem Zug leer. Zwischen uns entwickelte sich eine nette Unterhaltung.

Nowitzky, ein Architekturstudent aus Wien, wollte hier seinen Freund treffen, einen Piloten. Die beiden hatten sich, so erfuhr ich, auf einer Kreuzfahrt kennengelernt. Eine Kreuzfahrt in dem Alter? Ich wunderte mich sehr. Denn für Robert und mich wäre eine Kreuzfahrt nie und nimmer in Frage gekommen. Bei Kreuzfahrten dachten wir immer an senile, reiche Leute. Nichts für uns. Aber das behielt ich für mich. Ich wollte diese neue, nette Bekanntschaft nicht gefährden. Ich genoss die angeregte Unterhaltung, bis ich von einer Frauenstimme gestört wurde, die sich in unser Gespräch mischte.

»Ach so, Sie sitzen jetzt hier?«

»Ja. Und ich hätte gerne noch ein Glas Weißwein. Und für die Dame noch einen ...?«

»Die Dame trinkt Prosecco.«

Er sah mich fragend an, und ich nickte. Es war natürlich viel zu viel Alkohol für mich. Aber ich wollte nicht ablehnen. Während Nowitzky bestellte, schaute ich mich um. Mario saß immer noch allein am Tisch, während George die Zeitungen zur Seite gelegt hatte. Er saß da, den Kopf in die Hände gestützt, und starrte ins Leere und wirkte mit einem Schlag so unglücklich, ganz anders als zuvor. Ich war so in die Unterhaltung mit Nowitzky vertieft gewesen, dass ich ihn nicht mehr weiter beachtet hatte. Ein Windstoß fuhr mir durch die Haare, die ich mit Mühe wieder glätten konnte. Irgendetwas musste in der Zwischenzeit passiert sein, oder bildete ich mir nur ein, dass Georges Stimmung sich geändert hatte. Ich war irritiert, schloss für einen Moment die Augen, und als ich sie wieder öffnete, sah ich, wie George von seinem Stuhl aufsprang und, ohne nach links oder rechts zu sehen, Richtung Straße rannte. Ein großer Lastwagen näherte sich. George rannte direkt auf den Lastwagen zu. Ich wollte schreien, brachte aber keinen Laut heraus. Ich sprang auf. Meine Beine setzten sich, so schnell sie konnten, in Bewegung. Obwohl ich George keinen Augenblick aus den Augen ließ, wurde ich durch einen Mann in Pilotenuniform abgelenkt, der über die Straße schlenderte. Ich bemerkte etwas zu spät diesen verdammten Schirmständer, kam ins Straucheln, streifte einen Bistrotisch und sah dann … nichts mehr. Mit einem Mal wurde mir schwarz vor Augen.

Fünfzehn

Ein verschwommener Fleck bewegte sich aus der Dunkelheit des Nichts langsam auf mich zu. Dann kam Bewegung in den Fleck, er schien zu atmen und änderte seine Form. Dazu wurde die Stille von einer dunklen Stimme durchbrochen.

»Wie geht's Ihnen? Besser?«

Der Fleck nahm mehr und mehr Gestalt an. Ich hätte schreien können. Dieser Fleck war das Gesicht von Mario! Er beugte sich nah zu mir herunter. Ich war mir sicher, dass mein letztes Stündlein geschlagen hatte. Mario, der Einbrecher, hatte mich in seiner Gewalt.

»Bleiben Sie ruhig liegen.«

Ich wollte aufstehen, aber es gelang mir nicht. Etwas drückte mich nach unten. Die Schwerkraft. Mir wurde mulmig, und ich hörte andere Stimmen, die aber in die Ferne entschwanden. Aus dem Gesicht Marios wurde wieder ein Fleck, der schließlich in ein dunkles Nichts überging.

Kurze Zeit später erwachte ich in einer Welt aus stechenden Gerüchen, Hustenanfällen, Alarmpiepsern, Keuchen und vereinzelten Rufen. Ich war im Krankenhaus, wenn auch nicht in demselben, in das ich nach dem Sturz bei Roberts Beerdigung eingeliefert worden war. Die Schwestern waren sehr nett zu mir, und es gelang mir, eine von ihnen auszufragen, was denn eigentlich passiert war. Auch wenn die Schwester nicht selbst zugegen gewesen war, konnte sie mir eine erste, grobe Schilderung geben. Es war nicht so, dass George auf die Straße gerannt war, um Selbstmord zu begehen, sondern eine seiner Zeitungen war von einer Windböe erfasst und weggeweht worden. Unglücklicherweise der detaillierte Sportteil mit den Fußballberichten aus Italien und Spanien, die George bis jetzt nur überflogen hatte und unbedingt noch in Ruhe studieren wollte. Er war losgerannt, um einen Haufen Papier zu retten, ich dagegen war losgerannt, um ihn zu retten. Die ganze Aktion war zu viel für mich und meinen Kreislauf, der schon aus angeborener Gewohnheit tief im Keller ist. Dann der Alkohol. In den drei Gläschen Prosecco war mehr Alkohol, als ich sonst oft im Laufe eines Monats zu mir nehme. Während George seine gedruckten Fußballnachrichten in letzter Sekunde vor dem Zusammenstoß mit einem Lastwagen in Sicherheit bringen konnte, schaffte ich es gar nicht bis zur Straße. Meine Beinchen waren noch auf dem Bürgersteig weggesackt.

Vorsichtig fragte ich die Krankenschwester aus, ob sonst noch etwas passiert sei und es vielleicht andere Verletzte gegeben habe. Ich konnte sie schlecht direkt fragen, ob es einen Selbstmord gegeben hatte, oder einen Selbstmordversuch. Nein, war ihre Antwort, niemandem außer mir sei etwas zugestoßen. Das beruhigte mich einerseits, andererseits erkannte ich, dass ich in meiner Mission noch keinen Schritt weitergekommen war. War einer der Männer in dem Café mein unbekannter Briefeschreiber gewesen? War ich überhaupt am richtigen Platz im richtigen Café gewesen?

Ich musste so schnell wie möglich wieder raus aus dem Krankenhaus. Denn wenn bis dahin niemand Selbstmord begangen hatte, so drohte für den nächsten Tag dasselbe Spiel. Was hatte ich bis jetzt erreicht? Nichts!!!!

Ich wurde aus meinen Gedanken gerissen. Aus einem Radio ertönte leise ein volkstümlicher Schlager, besser gesagt, das Radio krächzte. Robert und ich waren immer der Ansicht, dass volkstümliche Musik nur dazu dient, seinen Nachbarn zu terrorisieren oder in Diktaturen unschuldige Menschen zu foltern. Das Radio in meinem Raum war kein Radio, sondern Moik. Nicht der richtige Moik, ehemals aus dem Fernsehen, sondern ein alter Mann, hager mit einem ausdrucksstarken Gesicht. Ein sehr alter Mann. Schon seltsam, dass eine alte Frau andere Menschen als sehr alt bezeichnet. Aber Moik, diesen Namen hatte ich spontan meinem Zimmergenossen gegeben, war sehr alt. Deswegen hatte ich ihn auch bisher nicht bemerkt. Denn Moik schlief die ganze Zeit. Er schnarchte nicht, und er atmete auch nicht schwer. Nein, er schlief sehr ruhig. Das Einzige, was er von sich gab, waren krächzende volkstümliche Melodien. Mir war dieser Nachbar lieber als ein Schwätzer. Ich hatte keine Lust auf eine seichte Unterhaltung, war ich doch viel zu sehr mit meinem Problem beschäftigt. Da hätte mich ein Wortgeplänkel über Regenwetter, Weihnachtsverwandtenbesuche, die königlichen Hochzeiten des Vorjahres oder das Abendessen, das es im Krankenhaus schon um fünf Uhr gab, nur genervt. Dann lieber einen wie Moik.

Gegen Abend bekam ich überraschenden Besuch. Wie die Krankenschwester sagte, sei der Mann gekommen, der mich bei meiner Einlieferung begleitet habe. Offenbar ein Bekannter von mir, sagte sie. Ich stutzte, wer konnte das sein? Die Tür öffnete sich, und herein kam Mario! Die Krankenschwester eilte davon, um eine Vase zu holen für den armseligen Blumenstrauß, den Mario in Händen hielt. Die Blumen sahen so aus, als hätte er sie eigenhändig in dem Park des Krankenhauses gerupft. Dennoch freute ich mich im ersten Moment über sie, erst dann besann ich mich. Ich war allein mit diesem fremden Mann im Krankenzimmer. Mario war ein Einbrecher, ein Krimineller. Die Krankenschwester war verschwunden, neben mir lag eine senile Musikmaschine. Ich setzte mich unwillkürlich im Bett auf und starrte Mario an. Auch wenn ich ihn schon mehrfach zu Gesicht bekommen hatte, so hatte ich sein Äußeres bis jetzt nicht so genau wahrgenommen. Mario war etwa sechzig, hatte raue, von Arbeit gezeichnete Hände, wuschelige, etwas ungepflegte Haare. Er war korpulent und trug einen dunkelblauen Overall, darunter ein Holzfällerhemd. Eigentlich, so wurde mir nun klar, hatte er mit diesem deutschen Schauspieler nicht viel gemein. Aber nun hatte ich ihm den Namen Mario gegeben. Seine Augen waren wach und klar. Er kam langsam ein paar Schritte näher an mein Bett. Mir wurde eiskalt, und ich setzte mich noch weiter auf und fingerte nervös nach dem Kabel mit dem Notrufknopf. Wer weiß, was Mario vorhatte? Vielleicht hatte er erfahren, dass ich die Frau war, die ihn bei der Polizei angezeigt hatte? Ich ließ ihn nicht aus den Augen, während meine rechte Hand hektisch ins Leere griff. Ich bekam das Kabel nicht zu fassen.

Mario beobachtete mich kopfschüttelnd. Entschlossen trat er an mein Bett und griff nun selbst nach dem Kabel.

»Warten Sie, ich helfe Ihnen.«

»Nein, danke, es geht schon.«

»Kein Problem, das mache ich doch gerne.«

»Lassen Sie das, oder ich schreie.«

Mario zog entschlossen an dem Kabel, das sich etwas verheddert hatte, und riss dabei den Stecker aus der Wand. Den nun nutzlosen Knopf hielt er mir vors Gesicht.

»Bitte.«

Ich blickte panisch zu der leeren Buchse in der Wand, in der eben noch das Notrufkabel gesteckt hatte. Mario lachte laut los.

»Oje, das wollte ich nicht. Ich werde es gleich wieder richten.«

»Nein, lassen Sie das. Finger weg.«

Mario war von meinem Ton beeindruckt. Neben mir krächzte gerade Moik das Lied vom Puppenspieler in Mexiko.

»Ich wollte nur sehen, wie es Ihnen geht. Offenbar wieder ganz gut. Das freut mich.«

»Sie haben mich ins Krankenhaus begleitet?«

»Ja.«

»Warum?«

»Ich habe mir Sorgen um Sie gemacht. Ich dachte, es ist besser, wenn jemand mitfährt.«

Ich wusste nicht so recht, was ich darauf sagen sollte, aber ich wollte nicht unhöflich erscheinen.

»Danke.«

Mario lachte, hielt plötzlich inne, und seine Miene wurde ernst. Er musterte mich nachdenklich.

»Sagen Sie … haben wir uns nicht schon mal irgendwo gesehen?«

Ich überlegte fieberhaft, was ich sagen sollte, aber mir fiel nichts ein.

Sechzehn

Wenn es etwas gibt, was ich in meinem Leben nie machen wollte – auch nicht, als ich noch jünger war –, dann so etwas wie Fallschirmspringen oder mich an einem Seil an den Füßen von einer Brücke stürzen. Ich würde wahrscheinlich, bevor ich überhaupt in der Luft wäre, schon am plötzlichen Herztod gestorben sein. Warum? Da wäre erst einmal meine Höhenangst. Ich glaube, ich habe sie schon einmal erwähnt. Der Blick aus einer Seilbahngondel bereitet mir seit jeher Panikattacken, so dass ich einige Zeit nur mit einer Schlafbrille solche Fahrten überstand. Robert machte meine seltsamen Auftritte mit, obwohl es ihm, glaube ich, ziemlich peinlich war. Deswegen habe ich statt der Schlafbrille später einfach, wenn es mir mulmig wurde, meine Mütze übers Gesicht gezogen, was allerdings dazu führte, dass eines Tages ein holländischer Erstklässler, der mit seiner Familie im Skiurlaub war, mich für eine Bankräuberin hielt und panisch zu schreien anfing. Trotz der beruhigenden Worte seiner Eltern hörte er nicht auf zu schreien, bis die Gondel die Bergstation erreicht hatte. Seit diesem Erlebnis versuchte ich, einfach die Augen geschlossen zu halten. Doch bei dieser Technik stand mir meine Neugierde im Weg, und ich öffnete bisweilen die Augen, um sie gleich wieder zu schließen.

Aber es geht nicht nur um die Höhenangst, sondern

auch um die Sekunde. Um die Sekunde, in der man springen muss, in der man sich entscheiden muss, sich einen Ruck geben. Deswegen werden Schüler von ihren Lehrern meist beim ersten Sprung aus dem Flugzeug geschubst.

Mario stand vor mir am Bett, und mir kam es so vor, als würde mich gleich ein Fluglehrer heftig in die Wirklichkeit schubsen. Tausend Meter freier Fall standen mir bevor, und es war unausweichlich, ich musste etwas sagen.

»Ich wollte Sie etwas fragen.«

»Was denn?«

»Warum waren Sie in dem Café?«

»Warum wollen Sie das wissen? Was geht Sie das überhaupt an?«

»Das kann ich Ihnen so nicht erklären.«

Mario schwieg. Meine Fragerei verwunderte ihn. Ich hakte nach, denn jetzt war ich am Zug und beugte mich zu ihm nach vorn.

»Sie haben doch auf jemanden gewartet?«

»Wie kommen Sie darauf?«

»Sie haben es selber gesagt.«

»Zu Ihnen?«

»Nein, zu der Kellnerin.«

»Sie haben mein Gespräch belauscht?«

»Nein, ich habe es nur zufällig mitbekommen.«

»Reden Sie doch keinen Unsinn. Sie haben mir hinterherspioniert. Warum?«

»Haben Sie auf eine Frau gewartet?«

»Wie kommen Sie darauf?«

»Also stimmt es?«

»Nein.«

»Haben Sie nicht auf Ihre Geliebte gewartet?«

Nun musste Mario abermals laut lachen. Er hatte ein tiefes, befreiendes Lachen.

»Sind Sie eine Detektivin? In Ihrem Alter?«

Nun musste ich lachen.

»Nein, ich bin natürlich keine Detektivin.«

»Dann sind Sie auf jeden Fall eine sehr neugierige alte Dame.«

»Aber das kommt nicht von ungefähr.«

Mein Bettnachbar meldete sich zu Wort, besser gesagt, er krächzte eine Melodie. Mario lauschte den seltsamen Klängen für einen Moment.

»Das Lied kenn ich. Das ist doch ...«

Wir hörten beide zu. Es war wie in einer Quizshow im Fernsehen, in der derjenige, der als Erster die Lösung weiß, den roten Knopf drücken und antworten darf. Mario und ich schauten uns konzentriert an, beide dem Krächzen des schlafenden Moik lauschend, bis sich Mario plötzlich mit dem Zeigefinger an die Stirn tippte.

»Ich weiß es.«

»Dann sagen Sie es.«

»Sie waren in der Straßenbahn. Sie waren in der Straßenbahn und haben mich beobachtet. Sie wollten nicht, dass ich es bemerke. Aber ich habe es bemerkt. Und dann sind Sie mir hinterhergegangen.«

Ich fummelte hektisch an meiner Bettdecke herum. Moik neben mir war schlagartig verstummt. Mario ließ mich nicht aus den Augen.

»Warum haben Sie mich verfolgt?«

»Das stimmt nicht. Sie müssen sich irren.«

»Oh nein, ich kann mich ganz genau daran erinnern.«

Drohend hob er seine rechte Hand und ballte sie zur Faust.

»Nun reden Sie schon.«

»Ich schreie. Versuchen Sie nicht, mir etwas anzutun. Ich werde das Krankenhaus zusammenschreien.«

»Ich tue Ihnen schon nichts. Außerdem würde Sie niemand hören. Die Krankenschwestern sind zu weit weg.«

»Gehen Sie. Lassen Sie mich in Ruhe.«

»Ich gehe, wenn Sie mir sagen, warum Sie mich verfolgt haben.«

Ich drehte den Kopf zur Seite, gab vor nachzudenken und hoffte so, etwas Zeit zu gewinnen, bis die Schwester mit der Vase wieder zurückkam. Wo blieb sie nur so lange? Doch sie kam nicht, und ich war mit Mario allein im Zimmer, wenn man von Moik absieht, aber von dem war keine Hilfe zu erwarten. In diesem Augenblick entschloss ich mich, freiwillig ohne Schirm und ohne Seil aus dieser brisanten Situation in die Tiefe zu springen.

»Ich habe Sie gesehen.«

»Wo haben Sie mich gesehen?«

»Ich habe gesehen, wie Sie in eine Wohnung eingebrochen sind. Und ich war es auch, die die Polizei gerufen hat.«

»Sie?«

»Ja. Wie haben Sie es überhaupt geschafft, den Polizisten zu entkommen?«

»Das ist nicht wichtig.«

»Aber Sie sind in diese Wohnung eingebrochen? Das stimmt doch, oder?«

Stirnrunzelnd fuhr er sich mit beiden Händen durch die strubbeligen Haare. Dann ging er zum Fenster, klopfte nervös gegen die Scheibe und schwieg. Ich kam mir vor wie Derrick, wollte gleichzeitig konsequent, aber auch einfühlsam sein. Jahrelang hatte ich seine Auftritte im Fernsehen genossen, zumindest die Szenen, in denen ich nicht aus Angst die Augen schließen musste. Aber solche Szenen kamen bei Derrick Gott sei Dank nicht häufig vor. Jetzt war ich Derrick, und ich wollte dem Mann vor mir eine Chance geben, sich zu erklären, ihm aber auch aufzeigen, wer hier der Chef im Ring war. Mein Gott, wenn mich Robert jetzt sehen könnte!

»Sie waren es.«

Er drehte den Griff des Fensters, kippte es.

»Ja, aber es ist nicht so, wie Sie denken.«

»Sie sind nicht das erste Mal in eine Wohnung eingebrochen. Die Polizei hat erzählt, dass Sie schon häufiger gesehen wurden.«

Mario wurde blass, Schweiß trat ihm auf die Stirn. Er atmete tief die frische Luft ein, die durch das Fenster hereinströmte.

»Wirklich? Ich wurde gesehen?«

»Ja, das hat man mir erzählt.«

Mario ließ die Schultern hängen, und auch seine Arme hingen schlaff an ihm herunter.

»Warum machen Sie das? Warum bestehlen Sie andere Leute?«

Dem stattlichen Mann traten Tränen in die Augen. Er nahm ein zerknittertes Taschentuch aus der Hosentasche seines Overalls und schnäuzte sich.

»Ich habe noch nie mit jemandem darüber gesprochen. Es ist so schwer. Verdammte Scheiße!«

Er steckte das Taschentuch wieder weg, sah mich mit feuchten Augen an.

»Ich fühle mich so elend, aber ich kann nicht anders. Ich muss es tun.«

»Ich verstehe Sie nicht.«

Die Tür zum Krankenzimmer wurde aufgerissen, und die Krankenschwester eilte voller Elan herein. Schnell stellte sie die Vase mit Marios Blumen auf meinem Nachttisch ab.

»Der Herr Doktor kommt gleich zur Visite.«

Sie wandte sich an Mario, der bei dem resoluten Auftreten der Schwester Haltung angenommen hatte.

»Sie müssen gehen. Sie können morgen wiederkommen, wenn Sie wollen. Aber die Besuchszeit ist jetzt vorbei.«

»Kann ich nicht noch wenigstens ...«

»Nein, der Herr Doktor kommt gleich.«

Mario verstand, dass es da nichts zu diskutieren gab. Er nickte mir zu und trat zur Tür. Ein letzter Blick.

»Dann auf Wiedersehen.«

»Auf Wiedersehen.«

Damit war er verschwunden. Die Krankenschwester hantierte hektisch mit ein paar leeren Tassen herum.

»Sagen Sie, Schwester. Wie lange muss ich denn hierbleiben? Ich muss morgen auf jeden Fall wieder das Krankenhaus verlassen. Ich habe einen wichtigen Termin.«

Die Schwester ließ sich in ihrer Arbeit nicht stören, hantierte lautstark herum, polternd, bis eine Tasse zu Boden fiel und zu Bruch ging.

»Da müssen Sie den Doktor fragen. Aber morgen schon? Das glaube ich nicht.«

»Ich muss aber.«

»Ich bringe Ihnen gleich noch einen Tee.«

Und schon war sie weg. Neben mir stöhnte der alte Moik leicht auf. Dieses Stöhnen sprach mir aus der Seele.

Siebzehn

Das angebotene Abendessen hatte ich ausgelassen. Nicht dass mein Magen nicht geknurrt hätte oder das Graubrot mit zwei Scheiben Frischwurst, das Päckchen Streichkäse und die portionierte Leberwurst mir nicht zugesagt hätten. Auch den Obstsalat aus der Dose hätte ich normalerweise gegessen. Ich bin nicht heikel, was Essen betrifft, aber mir war die Visite des Doktors auf den Magen geschlagen. Er wollte mich auf jeden Fall den nächsten Tag noch dabehalten, zur Beobachtung und für einige Tests. Mir war schlecht, nicht nur bei dem Gedanken, dass sie Sonden auf meine faltige Haut kleben, mich versuchsweise unter unheimlichen Durchleuchtungsapparaten hin- und herwenden und mich von Pontius zur Radiologie fahren würden, sondern vor allem, weil ich immer noch eine unerfüllte Mission zu erledigen hatte. Der unbekannte Briefeschreiber. Ich konnte unmöglich länger hierbleiben. Morgen um drei Uhr musste ich meinen Platz in dem Café einnehmen, um das Schlimmste zu verhindern.

Bei all der Grübelei muss ich wohl eingeschlafen sein. Im Traum begegnete mir die gesamte Heerschar deutschsprachiger Musikanten. Sie spielten alle gleichzeitig und durcheinander. Die Stimmung war prächtig, und Zehntausende von glücklichen Kehlen jubelten. Ich war mittendrin. Für einen Therapeuten wäre dieser Traum sicher spannend gewesen. Ich habe aber keinen. Bis vor kurzem habe ich immer alles, was mich wirklich beschäftigt hat, mit Robert besprochen, und das hat mir gereicht.

Um drei Uhr nachts wachte ich schweißgebadet auf. Ich hatte Hunger und war kurz davor, Moik ein paar seiner Butterkekse zu stehlen, die ihm seine Tochter abends noch vorbeigebracht hatte. Doch ich wollte nicht zur Diebin werden und betrachtete die Kekse nur aus der Ferne wie eine verbotene Verheißung. Mein Magen zog sich zusammen wie eine Tüte Fruchtsaft, aus der mit einem Strohhalm nicht nur der Saft, sondern zugleich die Luft rausgesaugt wurde. Der Zustand meines Körpers ließ weiteren Schlaf nicht mehr zu. Ich grübelte in die Dunkelheit hinein. Als die ersten Sonnenstrahlen ihren Weg ins Zimmer fanden, stand mein Entschluss fest. Ich musste das Krankenhaus verlassen. Was sollte der ganze Aufstand wegen einer einzigen kleinen Ohnmacht? Unter Ohnmachten litt ich seit meinem zwanzigsten Lebensjahr. Ich fühlte mich fit. Der Doktor konnte das nur nicht richtig einschätzen, weil er nicht ahnte, unter welcher Anspannung ich gerade stand. Er ahnte nichts von Briefeschreibern, Selbstmordabsichten oder Verabredungen im Café. Woher auch? Ich hatte ihm verständlicherweise nichts davon gesagt. Sicherlich hätte ich den Vormittag abwarten, mir einen Termin suchen können, ein Gespräch, um mich auf eigene Gefahr aus dem Krankenhaus zu entlassen. Aber ich wollte kein Risiko eingehen. Was wäre, wenn sich die ganze Prozedur bis in den Nachmittag hinzog?

Kurz vor sechs Uhr holte ich meine Kleider aus dem Schrank und zog mich an. Leider konnte ich meine Halbschuhe nicht finden. Sie waren nicht unter meinem Bett, nicht im Schrank, nicht im Bad unter dem Waschbecken oder hinter der Tür. Es war zum Verzweifeln. Ich konnte sie einfach nicht finden. Ich sah ein, dass ich meine Flucht mit Badeschlappen aus Staatsbesitz antreten musste. Ich nahm meine braune Handtasche von dem Tisch neben dem Fenster und schlich an dem schlafenden Moik vorbei. Schlief er wirklich? Fast schien es mir, als würde er ein Auge aufmachen. Aber ich hatte keine Zeit für Hirngespinste.

Als Kind war ich ein großer Fan von Volksfesten. Ich gab so lange keine Ruhe, bis meine Eltern mit mir jedes Volksfest im Umkreis von dreißig Kilometern besucht hatten. Zuckerwatte und gebrannte Mandeln, Kettenkarussells und Losbuden, ich liebte das ganze Programm, bis auf solche Dinge wie die Geisterbahn, die mir schon damals Angst machten. Es war Robert, der mich bei unserer zweiten Verabredung zu einer Fahrt in Lucifers Reich einlud. So hieß die Bahn. Ich wollte meine Feigheit nicht zugeben, wollte vor ihm nicht als Angsthase dastehen und nahm das erste Mal in meinem Leben in einem klapprigen Wagen der Geisterbahn Platz. Mein Puls erhöhte sich auf fast zweihundert. Ich schloss die Augen und klammerte mich an das Gestänge vorn am Wagen und an Robert. So gewappnet überstand ich die Fahrt ohne Ohnmachtsanfälle. Ich war am Leben. Nach der letzten Kurve, als ich das Ende der Schauerfahrt schon ahnen konnte, öffnete ich vorsichtig ein Auge, so dass ich die Ritze in der Ausgangstür sah, durch die Licht hereindrang und durch die unser kleiner Wagen gleich ins Freie rattern würde. Ich war glücklich, ich hatte es geschafft. Plötzlich griff eine Totenhand nach dem Wagen und nach mir. Ich schrie, während Robert stumm neben mir saß. Als der Wagen Sekunden später wieder ins grelle Tageslicht gelangte, blickte ich in eine breite Front von grinsenden Gesichtern. Erst da merkte ich, dass ich immer noch schrie. Schlagartig hörte ich auf. Die Gesichter verschwanden. Die Sanitäter des Festgeländes hatten mich schnell wiederbelebt. Robert konnte mich wohlbehalten nach Hause bringen. Als wir Arm in Arm vor meiner Wohnung ankamen, gestand er mir, dass es auch für ihn die erste Fahrt in seinem Leben mit einer Geisterbahn gewesen war. Dafür liebte ich ihn, dass er mir das sagte. Nicht nur dafür, aber auch dafür. Wir haben später nie wieder einen Fuß in Lucifers Reich gesetzt. Ich hasse es, wenn mich etwas erschreckt, wenn ich auf etwas nicht vorbereitet bin.

Die krächzende Stimme hinter mir erschreckte mich, und die Handtasche fiel mit einem Knall zu Boden. Ich drehte mich zitternd um. Moik lag in seinem Bett, starrte mich an und hatte eine Hand am Notrufknopf.

»Sie wollen weg?«

Ich wusste nicht, was ich sagen sollte, so perplex war ich. Moik konnte sprechen. Ich antwortete mit einer Gegenfrage.

»Habe ich Sie geweckt?«

»Nein, ich kann um diese Zeit meist nicht mehr schlafen.«

»Sie bekommen bald Frühstück.«

»Und Sie bekommen Ärger, wenn Sie hier einfach so abhauen.«

Ich hob meine Handtasche auf, hatte mich langsam wieder gefangen. Erst jetzt merkte ich, dass Moik eine *Frau* mit krächzender, tiefer Stimme war. Aber das spielte für mich in dem Augenblick eine untergeordnete Rolle. Ich musste um jeden Preis aus dem Krankenhaus entkommen.

»Ich gehe. Mich kann niemand aufhalten.«

»Doch, ich. Ich muss nur die Klingel drücken.«

Ich musterte die Alte. Was wollte sie von mir? Warum mischte sie sich ein?

»Das lassen Sie schön bleiben.«

Wir fixierten uns wie zwei Westernhelden beim Duell. Ihre Finger bewegten sich langsam. Sie schnaubte. Der Daumen suchte den Knopf und drückte ihn … nicht!! Moik grinste mich an, wedelte mit dem Kabel.

»Nein. Das mache ich nicht. Tut mir leid, wenn ich Sie erschreckt habe. Aber hier drinnen ist sonst nichts los.«

»Sie haben mir wirklich einen Schrecken eingejagt.«

Die Alte zwinkerte mir mit beiden Augen zu.

»Viel Glück!«

Ich winkte kurz zum Abschied und schlich zur Zimmertür. Ich drehte mich noch einmal zu ihr um. Doch sie blickte mir nicht nach, sondern lag nun wieder scheinbar schlafend in ihrem Bett. Die Tür zum Gang quietschte, ich lugte vorsichtig hinaus, huschte aus dem Zimmer und schloss die Tür hinter mir.

Achtzehn

Hallo, Sie da!«

Ich ging einfach weiter, tat so, als ob ich nichts gehört hätte. Die Schlappen an meinen Füßen streiften über den Linoleumboden. So war ich sicher, dass ich sie beim Laufen nicht verlor.

»Bleiben Sie stehen.«

Ich ging weiter, bis eine Hand meine Schulter berührte. Mit unschuldiger Miene drehte ich mich um. Vor mir stand eine drahtige Pflegerin kurz vor der Pensionsreife, im weißen Kittel, eine randlose Brille auf der Nase, Birkenstocksandalen an den Füßen. Sie war etwa so groß wie ich. Sofort hatte ich einen Namen für sie: Attila.

»Haben Sie mich nicht gehört?«

»Doch. Ich bin nicht schwerhörig.«

»Warum bleiben Sie nicht stehen?«

»Mir war nicht klar, dass Sie mich gemeint haben.«

»Jetzt wissen Sie es.«

Ein junger Pfleger mit Irokesenschnitt kam an uns vorbei, eine Patientin unter einer Sauerstoffmaske im Bett vor sich herschiebend. Attila hielt den Jungen mit einer knappen Geste auf.

»Ist das die von 256?«

»Ja.«

»Bring sie auf 113. Das ist jetzt leer.«

»Okay.«

Der junge Irokese drehte sich um und schob seine Fracht wieder den Gang zurück. Ich fühlte mich an einen Supermarkt erinnert. 256 für 113? Attila wandte sich wieder mir zu.

»Also, wo wollen Sie hin?«

Ich überlegte und überlegte, meine Gedanken wanderten. Ich sagte ihr unvermittelt ins Gesicht, dass ich in die Freiheit wollte. Ich schlug ihr mit meiner Handtasche auf den Kopf, warf die Schlappen weg, rannte barfuß den Gang hinunter und verstellte ihr mit ein paar leer stehenden Krankenhausbetten den Weg. Während mir diese seltsamen Gedanken durch den Kopf schossen, überlegte ich krampfhaft, was ich wirklich sagen sollte.

»Ich suche Frau Bettermann.«

»Bettermann?«

»Ja, das ist eine Freundin von mir, die wurde gestern eingeliefert.«

»Inneres?«

»Nein, Gynäkologie.«

»Da sind Sie hier völlig falsch. Wer hat Sie denn hierhergeschickt?«

»Ein netter Mensch von der Pforte.«

Attila schüttelte den Kopf und verdrehte die Augen. Die Brille rutschte ihr auf der Nase nach vorn.

»Die Deppen da vorn lernen das auch nicht mehr.«

Sie zeigte mit ihrem ausgestreckten rechten Arm den Gang hinunter.

»Am besten gehen Sie da entlang, bis Sie wieder an die Pforte kommen. Und dann durch die Glastür in das andere Gebäude gegenüber. Dritter Stock.«

Ich lächelte Attila dankbar zu und wollte gleichzeitig meine Glaubwürdigkeit unterstreichen. Also wiederholte ich das Gesagte.

»Gut … am besten gehe ich wieder zur Pforte. Und dann durch die Glastür in das andere Gebäude gegenüber. Dritter Stock.«

»Ja.«

»Vielen Dank, sehr freundlich.«

Ich fand meinen Auftritt bis dahin gelungen und sah keinen Anlass für eine Fortsetzung unserer Unterhaltung. Ich schlappte los, die Füße wieder über den Boden streifend.

»Warten Sie.«

Der Satz traf mich wie ein Schuss in den Rücken. Ich reagierte lieber nicht, ging unbeirrt weiter, auf das Schlimmste gefasst, hörte ich schon ihre unbarmherzigen Schritte hinter mir. Doch Attila verfolgte mich nicht weiter. Ohne mich umzudrehen, hörte ich nun, wie sie stehen blieb.

»Ist das 322?«

»Ja.«

»Sofort auf 167.«

Diese Ablenkung rettete mich, und ich glitt wie eine Eisläuferin um die Ecke Richtung Ausgang. Ich hatte gewonnen, hatte die unheimliche Attila in einer Schlacht auf dem Krankenhausflur morgens um sechs bezwungen.

Ich wollte nach Hause, brauchte richtige Schuhe, ein warmes Bad und etwas zu essen. Ich kramte in meiner Handtasche und fand den Geldbeutel, aber leider kein Taxi vor dem Krankenhauseingang. Ich ging über den Parkplatz zur Straße. Dichter Verkehr strömte an mir vorbei, aber keine Spur von einem Wagen mit einem Schild auf dem Dach. Erst jetzt versuchte ich mir klarzumachen, wo ich überhaupt war. Jedenfalls kein Viertel, das ich auf den ersten Blick wiedererkannte. Ich ging den Bürgersteig entlang und kam zu einem kleinen Park, in dem ein Mops zwischen Laub und Zweigen herumschnüffelte. Dann ein Pfiff. Aber der Mops reagierte nicht. Wieder ein Pfiff, doch der Hund wollte sich auf seiner Abenteuerreise durch die städtischen Beete nicht von seinem Herrchen stören lassen. Ich drehte mich um, aber da war kein Herrchen zu sehen, das pfiff. Stattdessen sah ich einen Mann, der mit den Fingern im Mund gerade zu einem weiteren Pfiff ansetzen wollte. Der Mann war Mario. Er winkte mir und kam über die Straße zu mir herübergehetzt, wobei er aufgrund seiner Körperfülle ein bisschen wie ein Bär aussah, auf dem Weg zum großen Fluss, um Lachse zu jagen.

»Pfeifen Sie immer nach älteren Damen?«

Kurze Zeit später gingen wir nebeneinander den Bürgersteig entlang, und der Mops überholte uns hechelnd, einem Jogger vorauseilend, seinem Herrchen.

»Entschuldigung, dass ich gepfiffen habe. Ich hatte nach Ihnen gerufen. Aber der Verkehr war zu laut.«

»Das ist aber kein Zufall, dass Sie hier sind?«

»Ich wollte Sie besuchen. Aber Sie waren schneller als ich. Gott sei Dank habe ich Sie noch hier getroffen.«

Ich blieb abrupt stehen.

»Was wollen Sie eigentlich von mir? Warum wollten Sie mich besuchen?«

»Erst einmal will ich Sie auf eine Tasse Kaffee einladen.«

Mario deutete auf eine kleine Bäckerei mit Stehimbiss an der nächsten Straßenecke. Ich überlegte nicht lange.

»Kaffee ist gut. Aber ich muss auch etwas frühstücken.«

Er grinste breit und machte eine einladende, wenn auch etwas übertriebene Bewegung wie ein Gentleman der alten Schule.

»Ich glaube, das ist eine Bäckerei. Und in einer Bäckerei gibt es auch etwas zu essen.«

Ein mulmiges Gefühl machte sich in mir breit, hatte ich doch soeben die Einladung eines Einbrechers angenommen. Mein Leben hatte sich in den letzten Wochen sehr verändert.

Die Butterbrezen schmeckten herrlich. Gute Butterbrezen sind über die Jahre so selten geworden wie wohlschmeckende Tomaten oder Erdbeeren mit Erdbeergeschmack. Mario schmatzte leicht beim Essen seines Marmeladenbrötchens, die Hände wischte er sich an dem Overall ab, den er wieder trug.

»Ich muss Ihnen noch was erklären.«

»Das glaube ich auch.«

»Es stimmt. Ich bin in die Wohnung eingebrochen.«

Er fuhr sich über den Mund, musterte mich mit seinen großen Augen unter den buschigen Brauen. Die Augen glänzten. Plötzlich veränderte sich sein Blick, und er wurde ernst. Hektisch flackerten seine Augen.

»Sind Sie heute Nachmittag wieder in dem Café?«

»Warum wollen Sie das wissen?«

»Das kann ich Ihnen jetzt nicht sagen.«

»Warum nicht?«

»Kommen Sie ins Café. Bitte.«

Mario rutschte panisch von seinem Hocker, blickte sich um und verschwand blitzschnell durch eine Tür, die, wie an dem aufgeklebten Schild zu erkennen war, zu der Toilette der Bäckerei führte. Irritiert blickte ich ihm hinterher und drehte mich dann zum Eingang um, der hinter mir war. Sofort sah ich den Polizeiwagen, der vor dem Laden parkte. Zwei Polizisten stiegen aus und kamen herein. Ein Mann und eine Frau. Die Frau war Rita, die nette Kollegin, die ich schon kennengelernt hatte.

Die beiden bestellten sich Kaffee und Croissants. Dann fiel Ritas Blick auf mich, und nach kurzem Nachdenken erkannte sie mich.

»Hallo.«

»Guten Tag.«

Sie musterte mich langsam von oben bis unten. Ich folgte ihrem Blick und blieb bei den Schlappen aus Staatsbesitz hängen. Rita sah besorgt aus.

»Haben Sie sich wieder verlaufen?«

Ich wollte entrüstet widersprechen. Doch dann wurde mir klar, dass ich immer noch kein Taxi nach Hause hatte. Viel Zeit hatte ich auch nicht mehr, also lächelte ich verlegen. Dieses Angebot wollte ich nicht ausschlagen, egal was man von mir denken würde.

Neunzehn

Rita und ihr fescher Kollege wollten mich bis vor meine Haustür bringen. Sie wollten ganz sicher sein, dass ich auch wirklich wohlbehalten zu Hause ankam. Aber ich hatte darauf bestanden, dass sie mich an der Straßenecke rausließen, so dass ich die letzten Schritte zu Fuß nach Hause gehen konnte. Ich wollte nicht, dass die Nachbarn sich über mich den Mund zerrissen. Dabei hatte ich fast keinen Kontakt zu ihnen. Am ehesten kannte ich meine Nachbarn aufgrund ihrer Namen an den Klingelschildern. Aber wer sich hinter den einzelnen Namen verbarg, wusste ich nicht.

Von meinem Balkon aus sah ich John Lennon. Er stand am Fenster, starrte ins Leere und sah wahrlich apathisch aus. Soweit ich sehen konnte, war das Zimmer hinter ihm weiterhin gähnend leer. Dieser Mann machte mir Angst. Gott sei Dank hatte ich ihn bei all dem Trubel der letzten Tage fast vergessen. Doch als ich ihn nun so seltsam konzentriert am Fenster stehen sah, war er wieder zurück in meinem Leben. Ich konnte gar nicht anders, als ihn im Auge zu behalten. Was machte er da? Meditierte er? Sein starrer Blick ließ mich selbst in eine Art Trance fallen, aus der ich erst erwachte, als ich jemanden rufen hörte. Es war Lennon, der von seinem Balkon herüberrief.

»Hey! Sie!«

Er wedelte mit beiden Händen.

»Wie geht es Ihnen?«

Ich wusste nicht, wie ich mich verhalten sollte, wusste nur, dass ich mit diesem Mann nichts zu tun haben wollte. Aber ich musste reagieren.

»Gut, danke.«

Ich ging ohne ein weiteres Wort zurück in die Wohnung und lugte halb verdeckt hinter dem schweren Vorhang zu dieser unheimlichen Gestalt hinüber, die noch eine Weile auf dem Balkon ausharrte. Dann verzog sie sich, und ich atmete tief durch.

Ein paar Stunden später wachte ich auf dem Sofa auf, immer noch in den Kleidern von morgens, genauer gesagt vom Tag zuvor. Mein Körper hatte sich den nötigen Schlaf geholt. Ich fühlte mich wie nach einer zwölfstündigen Wagneroper, war zerknittert wie das Gesicht dieses Gitarristen von den Rolling Stones. Die Kuckucksuhr schlug halb drei. Mit dem letzten Schlag, dem letzten Vogelklang, war ich hellwach. Ich hatte nur noch eine halbe Stunde. In weniger als einer Viertelstunde hatte ich ein Bad genommen und mich neu eingekleidet. Um drei Uhr wollte ich wieder im Café sein. Natürlich konnte ich immer noch nicht sicher sein, dass dieses Café wirklich das richtige, der ausgewählte Treffpunkt des verliebten Briefeschreibers war. Doch vielleicht kam ich heute einen Schritt weiter. Außerdem hatte ich eine Verabredung. Mit Mario.

»Da sind Sie ja.«

Fast wäre ich vor Schreck ausgerutscht und in die kärglichen Blumenbeete vor dem Hauseingang gefallen. Wie aus dem Nichts war John Lennon plötzlich neben mir aufgetaucht.

»Äh, ja.«

Ich ging schnell weiter, wollte nicht mit ihm reden und keine Zeit verlieren.

»Tut mir leid, aber ich habe es eilig.«

»Ich auch. Aber vielleicht wollen wir ja in dieselbe Richtung.«

Ich blieb stehen. Was wollte dieser Mann von mir? So wie er vor mir stand und mich fast schüchtern anlächelte, fand ich, dass der Name John Lennon sehr passend für ihn war. Sein bunt bedrucktes T-Shirt hing ihm über die Jeans. An den nackten Füßen trug er Sandalen. Er wiederholte:

»Vielleicht wollen wir ja in dieselbe Richtung.«

»Das glaube ich nicht. Bitte lassen Sie mich.«

Ich ging weiter, er hartnäckig neben mir her.

»Ich freue mich, dass Ihnen gestern nichts Schlimmeres passiert ist. Ich habe mir Sorgen um Sie gemacht.«

»Gestern? Was meinen Sie?«

»Na, Ihren Unfall.«

Ich war perplex.

»Sie haben mich gesehen?«

John Lennon nickte zweimal. Er fuhr sich durch die langen Haare.

»Haben Sie mich verfolgt?«

»Nein, natürlich nicht. Ich habe Sie zufällig gesehen.«

»Zufällig? Was haben Sie denn dort gemacht?«

»Das kann ich Ihnen nicht sagen.«

»Warum nicht?«

»Das ist ... ich hatte einen beruflichen Termin.«

»Beruflich? Was haben Sie denn für einen Beruf?«

Er zögerte, einen Moment zu lang.

»Ich schreibe. Artikel. Für verschiedene Zeitungen.«

Währenddessen hatte ich meinen Schritt beschleunigt, aber der Beatle war mir nicht von der Seite gewichen. Wir erreichten die Straßenbahnhaltestelle in dem Moment, in dem eine Bahn einfuhr. Ich stieg ein, Lennon im Schlepptau.

»Ich habe mir Sorgen um Sie gemacht. Nicht wegen gestern. Da hatten Sie ja schnell Hilfe.«

»Sie machen sich Sorgen um mich?«

»Ja, ich glaube, Sie sind ...«

Er zögerte, hielt im Satz inne, musterte mich nicht unfreundlich.

»Ich glaube, Sie sind ... kann es sein, dass Sie Hilfe brauchen?«

»Ich brauche keine Hilfe.«

»Ich meine ja nur, weil wir doch irgendwie Nachbarn sind. Wenn ich etwas für Sie tun kann.«

»Das ist sehr freundlich. Aber, danke, nein.«

Ich war sehr klar, mein Ton war sehr deutlich. Auf jeden Fall gab ich mir alle erdenkliche Mühe, so zu klingen. Das letzte Mal hatte ich so einen deutlichen Ton gegenüber einem Straßenverkäufer in Italien angeschlagen, der mir unbedingt einen Sonnenhut mit breiter Krempe verkaufen wollte. Aber ich wollte keinen Sonnenhut, auch keinen mit breiter Krempe, und ich brauchte auch keinen. Ich habe schließlich doch einen erstanden, weil der gute Mann, der Verkäufer, eine schwangere Ehefrau, sechs Kinder und eine kranke Mutter hatte. Ich weiß, dass er mir nur Geschichten erzählt hat. Ich wusste das damals schon. Vielleicht habe ich ihm den Hut auch nur abgekauft als Lohn für seine Mühe.

Mit derselben Klarheit wandte ich mich entschlossen an John Lennon und fragte:

»Wohin wollen Sie denn fahren?«

Er nannte mir eine Station. Es war genau die Station, an der ich auch vorhatte auszusteigen, aber ich wollte ihn unbedingt loswerden. Die Straßenbahn hielt.

»Dann einen schönen Tag noch. Ich muss hier raus. Wiedersehen.«

Ohne ihn eines Blickes zu würdigen, hüpfte ich, so gut ich konnte, aus der Bahn. Er folgte mir nicht, sondern blieb zurück. Ich spürte eine riesige Erleichterung, fast so wie vor zwanzig Jahren, als ich dachte, ich hätte mein Sparbuch verloren. Dabei hatte ich es nur in Gedanken ins Gefrierfach des Kühlschranks gelegt. So was passiert mir normalerweise nicht. Aber zu der Zeit machten Robert und ich eine seltsame Phase durch. Er hatte Ärger in der Firma, ich war genervt von einem neuen Kollegen. Das führte dazu, dass wir uns auf einmal wegen seltsamer Kleinigkeiten stritten, was sehr ungewöhnlich war. Deshalb fror ich das Sparbuch ganz in Gedanken bei minus zehn Grad ein.

Ich stand an der Haltestelle. Doch die nächste Straßenbahn ließ auf sich warten. Sie hätte nach Fahrplan schon längst da sein müssen, aber sie kam nicht. Meine Geduld war zu Ende, und ich beschloss, zu Fuß zu dem Platz mit dem Café zu gehen. Die erhoffte Abkürzung stellte sich leider als Umweg heraus. Unruhig und hektisch, wie ich daraufhin wurde, verlief ich mich noch ein paarmal. Es war nun schon fast halb vier. Ich begann zu rennen. Immer nur einige Meter, dann musste ich wieder stehen bleiben, um Luft zu holen. Ich war verschwitzt, außer Atem. Meine Füße brannten, als ich endlich mein Ziel erreichte. Eine Menschenmenge hatte sich am Ende des Platzes zusammengefunden. Ich konnte mich nicht einfach durchdrängen. Sehen konnte ich auch nichts. Ich war zu klein unter all den anderen Leuten. Manchmal habe ich den Eindruck, nur Kindergartenkinder sind kleiner als ich. In meiner Verzweiflung wandte ich mich an einen größeren Herrn in der Menge, der seine Umgebung wie ein Turm überragte.

»Entschuldigung, was ist denn hier passiert?«

»Ich weiß auch nicht genau. Ich glaube, es hat sich jemand umgebracht.«

In dem Augenblick setzte mein Atem aus.

Zwanzig

Ein einziger Gedanke raste wieder und wieder durch meinen Kopf: Es ist passiert. Er hat sich umgebracht. Ich bin schuld. Ich habe nicht nur den Brief an mich genommen, sondern ich bin auch noch zu spät gekommen, um ihm die Wahrheit sagen zu können. Zu spät, um ein Menschenleben zu retten. Ich wühlte mich, mit meinen Ärmchen stoßend, durch die Menschenansammlung.

»Bitte, lassen Sie mich durch. Ich muss da durch.«

Nicht alle wollten sofort freiwillig Platz machen, aber ich schob sie, so gut ich konnte, zur Seite, und manche stieß ich auch fester mit dem Ellenbogen.

»Hey, Alte, was soll das?«

»Die spinnt ja wohl.«

»Jetzt lasst sie doch.«

»Was glaubt die denn, wer sie ist?«

Ich hörte die Stimmen der Leute wie aus einer anderen Welt. Sie klangen hallig und blechern. Ich kämpfte mich weiter nach vorn, wobei mir nicht klar war, wo ich überhaupt hinwollte, denn ich sah nichts außer Menschen, die sich mir in den Weg stellten.

Ich kam an eine Absperrung aus gestreiftem Plastikband und war ganz vorn, in der ersten Reihe, angekommen. Neben mich quetschte sich ein kleines, dickes Mädchen in einem Sommerkleid mit großen Blumen drauf.

Das Mädchen lutschte an einer riesigen Eistüte. Ich blickte mich verzweifelt um. Mein Blick streifte das Mädchen. Es streckte mir die Zunge raus. Ich reagierte nicht.

Etwa fünfzig Meter hinter der Absperrung stand ein Krankenwagen vor einem großen Altbau. Vor dem Haus war ein Baugerüst aufgestellt. Einige Menschen in Weiß arbeiteten konzentriert, wurden aber fast vollständig von einer Decke abgeschirmt, die zwei uniformierte Polizisten in die Höhe hielten. Rechts von mir stand ein kleiner Mann mit Nickelbrille, in grauem Anzug, mit einer Aktentasche unter dem Arm und pfiff leise vor sich hin. Als er mich bemerkte, hielt er kurz inne.

»Der sah nicht gut aus. Der ist hinüber.«

Der Tatort war im Halbkreis abgesperrt worden, aber ich musste unbedingt wissen, wer sich hier umgebracht hatte. In meiner Verzweiflung wandte ich mich an den Anzugträger.

»Haben Sie denn gesehen, was passiert ist?«

»Leider nein. Ich hab den Typen nur da liegen sehen, bevor sie das Tuch hochgehalten haben. Der sah nicht gut aus.«

Ich überlegte einen Moment, dann schlüpfte ich unter dem Absperrband hindurch und eilte in Richtung des Krankenwagens. Doch ich kam nicht weit. Ein Bär stellte sich mir in den Weg. Der Bär hatte eine Polizeiuniform an und Hände so groß wie Pranken.

»Sie können hier nicht durch.«

»Ich muss aber.«

»Wohin wollen Sie denn?«

Ich überlegte, wusste ich doch, dass ich nur eine Chance hatte, das Richtige zu sagen. Aber was? Ich wollte zu dem Krankenwagen, der vor dem Haus stand, also sagte ich:

»Ich wohne in dem Haus.«

»Das kann nicht sein. In dem Haus sind nur Büros.«

Ich stutzte, kam diese Antwort doch unerwartet, auch wenn ich das Haus gar nicht kannte.

»Oh doch, Sie irren sich. In dem Haus ist ganz oben eine kleine Wohnung. In der wohne ich.«

Der Bär blickte sich um und schaute an der Fassade des Gebäudes hoch. Ich folgte seinem Blick. Die Fassade war fast vollständig von dem Gerüst verdeckt, an dem Planen mit Werbeaufschriften hingen. Der Bär kam ins Wanken.

»Na ja, wenn Sie wirklich da oben wohnen. Andererseits ...«

Vor dem Krankenwagen waren die Weißgekleideten immer noch hektisch zugange.

»Bitte warten Sie einen Moment. Sie können sofort durch.«

Warten wollte und konnte ich auf keinen Fall.

»Ich kann nicht warten. Ich muss jetzt sofort durch.«

»Warum?«

»Weil ... weil ...«

Panisch schweifte mein Blick über den Krankenwagen, die Zuschauer und den Polizeiwagen. Dann entdeckte ich unter den Gaffern das dicke kleine Mädchen im Sommerkleid mit den Blumen, das mir sofort wieder die Zunge rausstreckte. Ich drehte mich zu dem Bären, sah ihm direkt in die Augen.

»Mein Enkelkind wartet da oben auf mich.«

»Allein? Wie alt ist denn Ihr Enkelkind?«

»Äh, fünf, ähm, ich meine, vier.«

»Da lassen Sie es ganz allein in der Wohnung?«

»Ich musste kurz weg.«

Er schüttelte fast unmerklich den Kopf, und sein Blick glitt an meinen ein Meter fünfundfünfzig auf und ab.

»Na gut, kommen Sie. Ich bringe Sie.«

»Danke, das schaffe ich schon allein.«

Ich hastete an dem Bären vorbei Richtung Krankenwagen. Dort legten die beiden Beamten gerade die Decke zusammen. Der Blick auf das Heck des Krankenwagens war frei. Die beiden Flügeltüren wurden geschlossen, und das Blaulicht auf dem Dach ging an. Der Wagen setzte sich langsam in Bewegung. Meine Schritte wurden schneller, und ich rannte panisch hinter dem Wagen her.

»Halt! Warten Sie.«

Doch der Wagen nahm Fahrt auf, und das Martinshorn setzte ein. Sofort bildete sich eine Gasse, und der Krankenwagen verschwand unter ohrenbetäubendem Lärm in der Menschenmenge. Ich starrte ihm fassungslos nach. Mir wurde heiß. Ich hätte schreien können, brachte aber außer einem Keuchen nichts heraus. Niemand nahm weiter von mir Notiz. Ich ging die letzten Schritte bis zum Hauseingang des Altbaus, hielt mich mit einer Hand an einem Mauervorsprung fest. Etwas Putz bröselte von der Wand. Dann kam auch etwas Putz von oben. Ich trat einen Schritt zur Seite und blickte nach oben.

Zwei Katzenaugen funkelten mich an. Das Tier hatte rotgoldenes, sehr langes, gepflegtes Fell. Es neigte etwas den Kopf. Schließlich bewegte sich die Katze langsam weiter, schlich wie ein Tiger über das Gerüst. Ich habe keinen Sinn für Katzen, aber dass dieser kleine Tiger etwas Besonderes war, leuchtete mir sofort ein. So eine Katze hatte ich noch nie zuvor in meinem Leben gesehen.

Ich merkte, dass ich inzwischen in die Knie gegangen war und in der Hocke neben dem Hauseingang verharrte. Die Absperrung wurde aufgehoben, die Menschen eilten weiter. Ich stand auf, wobei ich mich wieder an dem Mauervorsprung festhalten musste. Auf wackeligen Beinen schlich ich an der Hauswand entlang, und mir war so schwummrig, dass ich *es* zuerst gar nicht bemerkte. Direkt neben der Stelle, an der eben noch der Krankenwagen gestanden war, lag etwas Kleines, Flauschiges. Etwas Haariges. Ich bückte mich, um es besser sehen zu können. Dieses kleine, haarige Etwas war ein Schnurrbart. Das konnte nur Marios Schnurrbart sein. War Mario hier heruntergestürzt? War Mario der Briefeschreiber? Hatte er sich umgebracht?

Einundzwanzig

Donnergrollen und ferne Blitze rissen mich am nächsten Morgen aus dem Tiefschlaf. Die Gewitter hatten in der Stadt in diesem Sommer stetig zugenommen. Ich wollte nicht schon wach werden, weil ich erst im Morgengrauen etwas Schlaf gefunden hatte. Wieder einmal fühlte ich mich wie nach einer 56-stündigen Holperbusfahrt durch die Anden von Chile nach Brasilien. Nicht dass Robert und ich uns dieser Anstrengung jemals ausgesetzt hätten, aber Marlene hatte uns davon vorgeschwärmt. Sie wollte diese Fahrt unbedingt einmal in ihrem Leben machen. Marlene? Wie ging es ihr überhaupt? Ich hatte keine Ahnung, hatte ich sie doch seit dem letzten Treffen im Krankenhaus nicht noch mal besucht.

Mein Leben war in den letzten Wochen aus den Fugen geraten. Seit Roberts Tod hatte sich so viel verändert, und gerade die letzten Tage hatten mich regelrecht überrollt. Ich setzte mich langsam im Bett auf und bekam einen Hustenanfall. Ich schüttelte mich und schleppte mich ins Bad. Ich hatte einen unterschwelligen Brechreiz, wollte mich übergeben, konnte aber nicht. Der Husten ließ nur langsam nach. Warum war Robert nicht mehr bei mir? Wie konnte er mich in all dem Elend allein lassen? Ich war einsam, ohne Hilfe. Was war mit Elisabeth? Wo war meine ehemals beste Freundin? Sie hatte schließlich aufgegeben, den Kontakt mit mir zu suchen. Ich war auch nicht bereit, ihr zu verzeihen. Vielleicht konnte ich ihr niemals verzeihen. Dennoch fehlte sie mir. Ich weinte in mein riesiges Daunenkissen, das mir Robert einmal aus Schweden mitgebracht hatte.

Ein Spaziergang durch den Park des alten Friedhofs eine Querstraße weiter von meinem Block brachte mich nicht auf andere Gedanken. Ich wusste nicht, was ich mit dem neuen Tag anfangen sollte. Die geballte Energie der Jogger und sportlichen Hundebesitzer verdeutlichte mir noch mehr meine traurige Situation. Ich hatte keine Perspektive. Was konnte ich noch vom Leben erwarten? Nach Roberts Tod war ich entschlossen gewesen, mein Leben in den Griff zu bekommen, nicht zu jammern, sondern nach vorn zu sehen. Aber nun sah ich nichts mehr. Mir gingen die Bilder des Krankenwagens nicht aus dem Kopf. Vor allem musste ich an diesen Schnurrbart denken. Es war Marios Schnurrbart gewesen. Er musste ihn beim Sturz in die Tiefe verloren haben. Wo war Mario? Wie ging es ihm? Hatte er überlebt? Ich hatte am Abend zuvor noch einige Versuche unternommen herauszufinden, wohin man ihn gebracht hatte. Doch niemand konnte oder wollte mir etwas sagen, weil ich als Nichtangehörige nicht einmal Marios richtigen Namen kannte. Gegen Mitternacht hatte ich aufgegeben.

Mario, der so seltsam schleichend in mein Leben getreten war, hatte sich mit einem Paukenschlag verabschiedet. Ich wusste nicht viel mehr von ihm, als dass er ein Einbrecher war und ihn irgendein Geheimnis zu umgeben schien, das ich aber nie erfahren würde. Was blieb mir noch im Leben? Ein verschwundener Mario. Ein ebenfalls geheimnisvoller John Lennon, der mir Angst machte. Und vor allem: das furchtbare Gefühl, für eine schreckliche Entwicklung verantwortlich zu sein. Ich hatte in meinem Leben nie zuvor an Selbstmord gedacht.

Ich dämmerte auf der ausgebleichten, ehemals strahlend grünen Parkbank vor mich hin. Das Atmen fiel mir schwer. Ich wollte nicht sterben, aber ich wollte so auch nicht weiterleben. Ich schloss halb die Augen. Ein Mann auf einem alten schwarzen Fahrrad fuhr an mir vorbei. Das Rad quietschte bei jeder Reifenumdrehung, und der Sattel ächzte bei jedem noch so kleinen Schlagloch. Als der Mann schon ein Stück an mir vorbeigeradelt war, blinzelte ich und sah ihm hinterher. Nun bemerkte ich erst den Overall. Einen Overall? Der Mann auf dem Rad drehte sich langsam zu mir um. Es war Mario. Er schaute mich mit großen, wehmütigen Augen an. Sofort war ich hellwach, sprang auf und stolperte schreiend hinter ihm her.

»Mario!«

Er hörte nicht auf mich und stoppte nicht. Entweder weil er schon zu weit weg war oder weil er auf den Namen Mario nicht hörte. Er bog um eine Kurve Richtung Straße und verschwand hinter den Bäumen. Ich stolperte und fiel hin.

»Mario!«

Ich rappelte mich wieder auf. Meine Knie schmerzten. Ich rannte weiter den Weg hinunter, als ich plötzlich aus der Ferne ein schrilles Bremsgeräusch hörte. Danach einen furchtbaren Knall und einen Schrei. Der Schrei wurde immer lauter, immer verzweifelter und wollte nicht enden. Ich hielt mir die Ohren zu.

Die junge Frau neben mir auf der Parkbank sah mich besorgt an. Sie trug einen rosa Jogginganzug, ihre blonden Haare fielen ihr ins Gesicht. Sie war ungeschminkt, so als wäre sie nur mal schnell aus dem Haus gegangen. Sie hatte große, blaue, strahlende Augen, allerdings glänzten sie traurig. Ich mochte dieses Mädchen sofort. Mit einem Lächeln berührte sie meinen Arm.

»Geht es Ihnen gut?«

Ich schüttelte mich leicht, war wieder wach, auch wenn ich zunächst nur verschwommen meine Umgebung, die junge Frau neben mir erkennen konnte.

»Sie sind wohl auf der Bank eingeschlafen und hatten einen Alptraum.«

Kein Wunder, dass ich ständig tagsüber einschlief und Alpträume hatte, wenn mich nachts regelmäßig die Schlaflosigkeit heimsuchte.

»Vielen Dank. Sehr freundlich. Es geht schon.«

Sie nickte mir zu, wollte noch etwas Nettes sagen, aber ihr fiel nichts ein. Mir ging es genauso. Schweigen.

»Ich muss weiter. Ich habe noch einiges vor.«

»Einen schönen Tag.«

Sie stand auf und nahm einen Stoß Papier, der neben ihr auf der Bank gelegen hatte. Ich blickte ihr nach. Sie ging nur ein paar Schritte. Dann blieb sie an einem großen Baum stehen. Sie legte den Papierstoß neben sich auf den Boden und holte eine Schere und eine Rolle Klebestreifen aus einer Tasche ihrer etwas zu weiten Jogginghose. Mit wenigen Handgriffen hatte sie ein Blatt an dem Baum befestigt. Schon eilte sie weiter. Ich erhob mich langsam und ging zu dem Baum.

Sein Name war Fidelio. Auch wenn die farbige Kopie

unscharf war, erkannte ich ihn sofort. Es war jene wunderbare goldbraune Erscheinung, die Katze, die ich auf dem Baugerüst gesehen hatte. Fidelio war entlaufen, und seine Besitzerin suchte ihn verzweifelt. Sogar eine Belohnung war ausgesetzt. Allerdings hatte ich den Kater in einem anderen Viertel, Kilometer von hier entfernt gesehen. Warum suchte sie ihn hier? Das machte keinen Sinn. Ich sah mich um, aber das Mädchen war verschwunden. Ich notierte mir die angegebene Telefonnummer von dem bunten Zettel, was mir nicht leichtfiel. Meine Brille war mal wieder zu Hause geblieben in ihrem bequemen Etui.

Als ich aus dem Park kam und die Straße überqueren wollte, entdeckte ich das Mädchen. Ich rief »Hallo!« und lief hinter ihr her.

»Ich habe Ihren Kater gesehen.«

Ich war außer Atem und schnaufte. Ihre großen Augen bekamen sofort einen freudigen Ausdruck.

»Sie haben ihn gesehen?«

»Ja, aber es war nicht hier in dieser Gegend.«

Ich beschrieb ihr den Platz, an dem mir Fidelio, der stattliche Kater, auf dem Baugerüst für einen Augenblick gegenübergestanden hatte. Ihre Miene erhellte sich, und ihre Augen glänzten vor Aufregung.

»Das wundert mich nicht. Ich kann es Ihnen erklären. Haben Sie Lust auf einen Kaffee?«

Ich hatte Lust auf einen Kaffee. Auf eine neue Geschichte. Vor allem hatte ich Lust auf etwas, das mich aus meiner Trübsal erlösen würde.

Zweiundzwanzig

Das Mädchen hieß Miriam. Sie litt unter Liebeskummer, obwohl sie es war, die sich vor knapp einem Monat von ihrem Freund getrennt hatte. Sie liebte ihn immer noch von ganzem Herzen, wie sie mir in dem kleinen Straßencafé versicherte, in das wir gegangen waren. Autos brummten keine zehn Meter entfernt an uns vorbei. Wir mussten uns ziemlich laut unterhalten, uns hin und wieder sogar anschreien, vor allem wenn einer der dicken Laster so nah an unserem Alutischchen vorbeibretterte, dass der Milchschaum in der Cappuccinotasse vibrierte. Aber es war das einzige Café in der Nähe. Außerdem war ich schon manchmal hier gewesen, auch um Toni, den jungen Mann aus Kalabrien, zu unterstützen, der genau an dieser belebten Straße die Herausforderung einer neuen Existenz suchte.

Miriam und Carlo hatten sich vor zwei Jahren im Urlaub auf Rügen kennengelernt und eine leidenschaftliche Beziehung begonnen. Die beiden wohnten weiterhin in getrennten Wohnungen, sahen sich jedoch jede freie Sekunde. Zwei sehnende Herzen, eine glückliche Liaison, allerdings stritten sie sich regelmäßig wegen Kleinigkeiten. Vielleicht war ihre Liebe zu groß, oder sie waren doch nicht füreinander bestimmt. Carlos größtes Problem war, wie Miriam mir erbost gestikulierend schilderte, seine permanente, ja zwanghafte Unpünktlichkeit. Vor drei Tagen wollten sie beide zusammen in die Oper gehen. *Cosi fan tutte* stand auf dem Spielplan. Um sechs Uhr wollte er bei ihr sein, damit sie noch gemütlich vor der Ouvertüre einen Aperitif in der Bar gegenüber zu sich nehmen konnten. Carlo kam nicht, nicht um sechs, nicht um halb sieben, nicht um sieben. Er kam, Miriam war inzwischen rot angelaufen, um zehn vor acht. Das Taxi wartete mit laufendem Motor vor der Haustür. Miriam solle sich beeilen, dann würden sie es noch schaffen, sagte Carlo und setzte eine Unschuldsmiene auf. Miriam war allerdings die Lust vergangen. Sie wollte keine Hektik, wollte nicht verschwitzt in letzter Sekunde auf die Plätze hetzen, unter den vorwurfsvollen Blicken der anderen Zuschauer. Carlo fand Miriams Weigerung kleinlich, während sie sich nicht respektiert fühlte. Ein Wort gab das andere, und sie stritten sich immer lauter. Beleidigungen kamen hinzu. Miriam schmiss Carlo kurzerhand aus ihrer Wohnung und wollte ihn nie wiedersehen. Der Entschluss war für sie endgültig, obwohl sie diesen tränenreich schon kurz danach wieder bedauerte. Auch Kater Fidelio bedauerte sehr, dass Miriam und Carlo, sein Frauchen und sein Herrchen, sich getrennt hatten.

Fidelio war das Symbol ihrer Liebe. Er war ihnen seinerzeit auf Rügen zugelaufen. Niemand schien den Kater zu vermissen, und so nahmen sie ihn nach dem Urlaub mit nach Hause in unsere Stadt. Fidelio führte fortan das verwöhnte Leben mit zwei Wohnsitzen, wurde von Herrchen beziehungsweise Frauchen umsorgt. Selbst der Transport in der Holzkiste machte ihm nichts aus. Ein weiteres Indiz dafür, dass dieser Kater etwas Besonderes war, pflegen sich Katzen bei jeder Art von Transport doch vor den Füßen ihrer Besitzer zu übergeben. Das habe ich jedenfalls gehört. Fidelio war in Carlos Wohnung geblieben und dann abgehauen. Dabei hätte Carlo jeden Eid schwören können, dass er wie immer seine Wohnung verschlossen hatte. Doch es half nichts. Fidelio war verschwunden. Miriam wiederum hatte die Hoffnung, dass Fidelio vielleicht zu ihr, in unser Viertel, zurückkehren würde. Deswegen hängte sie nun in der Nachbarschaft Zettel auf, ebenso wie Carlo bei sich im Viertel. Ich versuchte, sie zu trösten. Miriam war dankbar, ein zaghaftes Lächeln zeigte sich auf ihren Lippen. Aber sie müsse jetzt weiter, die Poster mit den Fotos kleben. Sie bedankte sich, dass ich ihr zugehört hatte. Und ich solle bitte die Augen aufhalten. Wenn ich Fidelio noch mal sähe, solle ich sie sofort anrufen. Ich versprach es und bedankte mich. Miriam konnte es nicht wissen, aber sie hatte mir das Leben gerettet. Ich fühlte mich wie nach einem herrlichen Bad in einem kühlen See an einem heißen Sommertag. Ich hatte wieder Lust aufs Leben.

Kurz vor drei war ich wieder an dem Platz. Es war mir fast zur Gewohnheit geworden, die ich nicht so ohne weiteres aufgeben wollte. Außerdem wollte ich nach Fidelio suchen. Vielleicht fand ich den Kater und konnte damit eine junge Frau, ein junges Paar, glücklich machen. Ich blieb mitten auf dem Platz stehen und blickte zum Café, das sehr gut besucht war. Allerdings war keiner der Gäste von gestern da. Heute hatten sich ein paar Touristen unter das einheimische Volk gemischt. Als ich mich weiter umschaute, blieb mein Blick unwillkürlich an der Stelle hängen, an der gestern der Krankenwagen gestanden hatte. Es schnürte mir die Kehle zu. Es war ein Fehler gewesen, nochmals hierherzukommen. Aller Lebensmut, den ich nach dem Treffen mit Miriam geschöpft hatte, war mit einem Mal verflogen. Ich fühlte mich elendig und schuldig und wollte sofort wieder weg von hier. Ich machte auf der Stelle kehrt und trippelte, so schnell ich konnte, davon, als ich hinter mir jemanden rufen hörte.

»Hey, warten Sie!«

Ich reagierte nicht sofort, weil ich nicht davon ausging, dass das Rufen mir galt.

»Verdammt, jetzt bleiben Sie doch stehen.«

Ich blieb stehen und drehte mich langsam um. Die Stimme, der Klang der Stimme kamen mir bekannt vor. Am anderen Ende des Platzes sah ich einen Mann langsam auf mich zukommen. Mein Herz raste und stockte im selben Augenblick. Es war Mario. Ich zwickte mich in den Arm und spürte sofort einen stechenden Schmerz. Aber ich blieb skeptisch. War das wieder eine meiner Einbildungen? Mario kam näher und näher. Schließlich standen wir uns gegenüber.

»Sind Sie es wirklich?«

Er lachte mich breit an, die Hände in den Taschen seines Overalls vergraben.

»Also ein Geist bin ich nicht. Ich weiß, dass ich gestern nicht pünktlich war. Aber ich kann Ihnen alles erklären.«

Ich musterte diesen Mario, der mir gegenüberstand, äußerst skeptisch.

»Kommen Sie näher.«

Er setzte sich in Bewegung, langsam und vorsichtig. Mein Verhalten kam ihm seltsam vor. Schließlich stand er keine zwanzig Zentimeter vor mir, und ich schaute zu ihm hoch.

»Zwicken Sie mich.«

»Was?«

»Sie haben ganz richtig gehört. Zwicken Sie mich!«

Vorsichtig nahm er meinen rechten Arm und tätschelte ihn leicht.

»Ehrlich?«

»Nun machen Sie schon.«

Er zwickte mich ziemlich fest, und ich schrie vor Schmerzen auf.

»Aua! Sind Sie wahnsinnig?«

»Was denn nun? Sie haben doch selber gesagt, dass ich Sie zwicken soll.«

»Aber doch nicht so fest.«

Auf meiner Haut hatten sich mehrere tiefe rötliche Abdruckstellen seiner Fingernägel gebildet. Ich riss den Arm weg und strahlte ihn an.

»Sie leben!«

»Davon können Sie ausgehen.«

»Sie haben auch nicht versucht, sich umzubringen?«

»Was?«

»Sie haben nicht versucht, sich umzubringen?«

»Nein. Warum sollte ich? Ich hab Ihnen doch schon gesagt, ich kann Ihnen erklären, warum ich gestern zu spät war.«

Ich umarmte Mario mit meinen kurzen Ärmchen, so gut es ging. Ganz um seinen Bauch kam ich nicht. Mario war von so viel spontaner Zuneigung sichtlich überrascht und etwas irritiert. Ich atmete tief ein, die Luft und die Erleichterung.

Als wir uns nach knapp einer Minute wieder voneinander lösten, fixierte ich ihn wieder mit strenger Miene.

»Ich bin auf Ihre Erklärungen gespannt. Sie sind mir mehrere schuldig.«

Wir verließen den Platz und gingen auf dem holprigen Bürgersteig die Straße hinunter. Auf der anderen Straßenseite entdeckte ich einen jungen Mann, der Blätter mit Fotos an Straßenlaternen klebte. Er trug eine zerfranste Arbeitshose, darüber ein T-Shirt mit poppiger Aufschrift, die ich allerdings nicht verstand. Ich ließ Mario für einen Moment stehen.

»Bleiben Sie hier, ich bin gleich wieder zurück. Ich muss nur schnell was erledigen.«

Ich eilte über die Straße auf die andere Seite, wo Carlo gerade ein weiteres Bild von Fidelio an einer Laterne fixierte. Ich wartete, bis er fertig war, dann sprach ich ihn an.

»Entschuldigung.«

Er drehte sich zu mir, die Augen zusammenkneifend, da er von der Sonne geblendet war. Er hielt die Hand vors Gesicht, fummelte an seinem zerfransten Stirnband herum. Sein Blick war erwartungsvoll.

»Fidelio? Haben Sie ihn gesehen?«

»Ja, aber das war gestern. Er war dort drüben auf einem Baugerüst. Aber ich wusste nicht, dass er vermisst wird.«

»Wenn Sie ihn wieder sehen, rufen Sie mich bitte sofort an.«

»Das mache ich. Ich habe mir schon die Telefonnummer notiert.«

»Danke, ich muss jetzt hier weitermachen.«

Er wandte sich wieder seinen kleinen Suchplakaten zu,

aber ich räusperte mich, und er drehte sich abermals zu mir um.

»Versprochen, das mache ich. Aber deswegen habe ich Sie nicht angesprochen.«

»Sondern?«

»Versöhnen Sie sich mit ihr. Sie ist so ein tolles Mädchen.«

Carlo starrte mich an, als käme ich vom Mars, als wäre ich die Großmutter von E. T. Ich wollte keine weiteren Erklärungen abgeben, mich irgendwelchen unberechenbaren Fragen stellen und verabschiedete mich lieber schnell in Richtung Mario, der die Unterhaltung von der anderen Straßenseite aus verfolgt hatte. Vielleicht hatte ich Talent als Glücksfee?

Dreiundzwanzig

Mario stammte aus Mecklenburg-Vorpommern, und dort in einem kleinen Dorf lebten noch seine Frau und seine beiden schon fast erwachsenen Söhne. Er selbst hatte vor zwei Jahren eine Arbeit in dem Lager eines metallverarbeitenden Betriebs hier in der Stadt angenommen. Jedes oder jedes zweite Wochenende fuhr er nach Hause. Allerdings war ihm, wie er mir aufgeregt bei unserem Spaziergang durch die Stadt schilderte, vor etwa drei Monaten etwas Einschneidendes passiert. Er hatte die Essensreste einer Betriebsfeier nicht wie angeordnet weggeworfen, sondern mit nach Hause genommen. Für seinen Arbeitgeber war das Diebstahl, und er hatte Mario fristlos gekündigt. Natürlich hatte ich auch schon von solchen Vorfällen gehört oder in der Presse gelesen, aber dennoch konnte ich mir einfach nicht vorstellen, dass so etwas wirklich passierte. Doch Mario war es passiert. Er war von einer Sekunde auf die andere arbeitslos geworden. Das erste Mal in seinem Leben.

»Ihre Frau, was sagt sie dazu?«

»Nichts, meine Frau sagt nichts.«

»Aber sie muss doch eine Meinung dazu haben.«

»Sie weiß es gar nicht.«

»Sie haben es ihr nicht gesagt? Warum nicht?«

Mario drehte sich langsam von mir weg und schien die

Taschen seines Overalls zu durchsuchen. Als seine Suche vergeblich blieb, fuhr er sich mit einem Ärmel über das Gesicht.

»Können Sie sich das nicht denken?«

»Es ist Ihnen unangenehm.«

»Es ist mir nicht nur unangenehm, ich schäme mich.«

»Aber das ist eine Riesenungerechtigkeit, dass man Sie entlassen hat.«

»Ja, aber es ändert nichts daran, dass ich nicht mehr für meine Familie sorgen kann.«

»Sie müssen es Ihrer Frau sagen.«

»Das weiß ich, ich nehme es mir auch jedes Mal vor, wenn wir uns sehen. Aber dann schaff ich es nicht.«

»Hat sie denn noch gar nichts gemerkt? Ich meine, ihr muss doch etwas aufgefallen sein.«

»Nein, ich glaube nicht. Wir haben noch nie über meine Arbeit gesprochen. Und wenn, dann eher ganz allgemein. Da erzähle ich ihr immer irgendwelche Geschichten, über neue Kollegen und so.«

»Deswegen brechen Sie in fremde Wohnungen ein? Um über die Runden zu kommen. Wo wohnen Sie denn?«

»Mein möbliertes Zimmer habe ich aufgegeben. Ich bin bei einem Freund untergekommen, der arbeitet noch bei der Firma. Aber seine Frau beklagt sich schon. Lange geht das nicht mehr gut.«

»Das kann ich mir denken.«

Mario tat mir leid, war er doch unverschuldet in dieses Dilemma geraten. Trotzdem redete ich energisch auf ihn ein, an seiner Situation etwas zu ändern. Er musste mit seiner Frau reden, sich eine neue Arbeit suchen. Aber er sagte, dass das gar nicht so einfach sei, jedenfalls solange nicht die Geschichte mit der alten Firma abgeschlossen sei. Mario hatte gegen seine Kündigung geklagt, aber bis eine Entscheidung fiel, konnte es noch dauern. Und wenn es jemals zu einem Prozess käme, wisse man nicht, so Mario, wie es enden würde. Dieser große, stattliche Mann trottete unglücklich neben mir her. Wie ein Bär, dem man sein Honigglas versteckt hatte oder dem das Schicksal drohte, im Zirkus vor schreienden Kinderscharen über Wippen balancieren zu müssen.

Auch wenn ich ihm ins Gewissen redete, mit seinen Einbrüchen sofort aufzuhören, so hatte ich keine Idee, wie ich dem Armen konkret helfen sollte. Mario spürte meine Hilflosigkeit.

»Jetzt machen Sie sich keine Gedanken. Ich schlage mich schon durch. Mir wird schon nichts passieren.«

Abrupt blieb er stehen. Er neigte seinen großen Kopf zu mir und schniefte zweimal kurz.

»Aber eins verstehe ich nicht. Wie kommen Sie darauf, dass mir etwas passiert sein könnte?«

»Was meinen Sie?«

»Kommen Sie, Sie waren sehr erleichtert, als Sie mich vorhin gesehen haben.«

»Na ja, ich ...«

»Sie haben etwas gestammelt von wegen, dass ich noch lebe und so.«

»Ach so, ja.«

»Also?«

»Ich ... ich ... Sie sind gestern nicht gekommen. Da habe ich mir Sorgen gemacht.«

»Nur weil ich nicht um Punkt drei da war?! Man kann sich doch mal verspäten. Es kann immer mal etwas dazwischenkommen. Deswegen muss nicht gleich etwas passiert sein.«

»Ja, Sie haben recht.«

»Also? Was ist der wirkliche Grund?«

Ich fühlte mich ertappt, wollte ihm aber nichts von Briefen, Verliebten, Selbstmorden, Verabredungen und so weiter erzählen.

»Aber da war doch dieser Selbstmord.«

»Was für ein Selbstmord?«

»Es hat sich jemand von einem Baugerüst gestürzt.«

»Wie kommen Sie denn darauf?«

»Ich habe es selber gesehen.«

»Was?«

»Na, den Krankenwagen.«

»Was Sie für einen Selbstmord halten, war in Wahrheit ein Unfall. Ein Bauarbeiter ist ausgerutscht und hinuntergestürzt.«

»Ein Unfall? Ein Bauarbeiter?«

»Ja.«

Wir waren inzwischen in meinem Viertel angekommen, was ich allein schon daran merkte, wie es roch. Ich fand schon immer, mein Viertel riecht besonders gut.

»Aber woher wissen Sie das so genau? Das mit dem Unfall?«

»Ich war auch auf dem Gerüst.«

»Sie waren auf dem Gerüst? Was haben Sie denn da gemacht?«

Mario tippte die Fingerspitzen aneinander und betrachtete sekundenlang seine bleichen Knöchel. Machte ich auch so seltsame Gesten, wenn ich ertappt worden war?

»Also? Was haben Sie auf dem Gerüst zu suchen gehabt?«

»Aber mit dem Unfall und dem Sturz habe ich nichts zu tun.«

»Das sage ich doch gar nicht.«

»Ich habe eine Katze verfolgt.«

»Eine Katze?!«

»Ja, ich bin in eine Wohnung eingebrochen, und da war eine Katze.«

»Eine sehr schöne mit goldbraunem Fell?«

Mario war überrascht, er hatte offenbar zuvor Carlos Plakat an der Laterne nicht wahrgenommen.

»Ja, so sah sie aus. Zumindest könnte sie es sein.«

»Nicht sie, sondern er. Die Katze ist ein Kater und heißt Fidelio.«

»Woher wissen Sie das?«

Ich war ein bisschen stolz auf mich und musste insgeheim grinsen.

»Tja, manchmal weiß ich eben Dinge, die andere nicht wissen.«

»Scheint so.«

»Nach dem Kater wird schon gesucht. Seine Besitzer vermissen ihn.«

»Es tut mir leid. Ich konnte nicht ahnen, dass da ein Tier in der Wohnung war. Es lag auf einer Kommode im Schlafzimmer. Kaum war ich drin, ist das Miststück schon raus. Ich war so erschrocken und bin nichts wie weg. Ich habe nicht einmal etwas mitgenommen.«

»Nichts gestohlen? Soll ich Sie dafür vielleicht noch loben?«

»Nein.«

»Jetzt hören Sie mal zu, Mario. Ich will, dass Sie …«

»Wieso nennen Sie mich Mario? Ich heiße Manfred.«

»Ach so, ja. Darf ich Sie trotzdem Mario nennen? Ich bin eine alte Frau und komme sonst ganz durcheinander.«

»Wenn Sie wollen. Aber dann machen Sie mir keine Vorwürfe mehr.«

»Oh doch. Nicht nur, dass Sie fremde Menschen bestehlen, Ihnen Angst einjagen, Sie verunsichern. Sie lassen auch noch deren Tiere raus.«

»Moment, das war das einzige Mal.«

»Schlimm genug.«

»Ich weiß gar nicht, warum ich mir Ihre Vorwürfe anhöre. Es reicht. Dann gehen Sie doch zur Polizei und zeigen Sie mich an.«

Seine Augen funkelten und blitzten kurz auf wie Leuchttürme in der Nacht. Ich fühlte mich unfair behandelt.

»Sie merken wohl nicht, dass ich es nur gut mit Ihnen meine.«

»So sehen *Sie* das. Ich habe genug von Ihrem Gutmenschgetue.«

Er steckte die Hände in die Overalltaschen und stapfte schnaubend davon. Ich wollte ihm nachrufen, dass er auf mich warten solle, ließ es dann aber bleiben. Er drehte sich auch nicht ein einziges Mal nach mir um. Ich fühlte mich wirklich sehr ungerecht behandelt. Vor einem Baum blieb Mario unvermittelt stehen. An dem Baumstamm hatte Miriam eines ihrer Suchplakate aufgehängt. Ich beobachtete Mario eine Weile, ging zu ihm und stellte mich neben ihn. Er blickte mich nicht an, sondern brummte:

»Das ist er. Das ist das Vieh. Aber warum hängen die

Leute hier in der Gegend Suchplakate auf? Hier ist er mir doch gar nicht entwischt.«

»Das ist eine längere Geschichte, die erkläre ich Ihnen ein andermal.«

»Okay.«

Er reichte mir die Hand, ein formeller Abschied, auch eine kleine Geste der Versöhnung.

»Sehen wir uns morgen?«

»Ja. Aber nicht mehr an dem Platz. Ich will da nicht mehr hin. Gerne woanders. Haben Sie einen Vorschlag?«

Er antwortete nicht, sondern sein Blick wanderte plötzlich über meine Schulter. Er starrte ins Leere. Ich verstand nicht, was ihn so ablenkte.

»Was ist denn?«

»Da!«

Ich folgte seinem Zeigefinger, der zu einem ziegelgedeckten Hausdach deutete. Dort wälzte sich ein Kater genüsslich in der Sonne und leckte sich die Pfoten: Fidelio.

Vierundzwanzig

Mario wollte unbedingt, dass wir Fidelio eigenhändig wieder einfingen. Auf meinen Einwand hin, dass wir vielleicht besser die Besitzer anriefen, ging er überhaupt nicht ein. Ihm war klar, dass er einen Fehler gemacht hatte, und er wollte diesen Fehler, so weit es ging, wieder in Ordnung bringen. Er wollte den Kater einfangen und Herrchen oder Frauchen übergeben. Fidelio sah Marios Vorhaben naturgemäß etwas anders und betrachtete unser, wie wir meinten, verführerisches Miauen, unsere Lockangebote mit gebotener Distanz eines Königs der Dächer. Er machte den Eindruck, als seien wir nur lästige Störer bei seinem herrschaftlichen Sonnenbaden. Er streckte sich gemächlich und leckte sich immer wieder die Pfoten. Inzwischen war Mario sogar zur Tankstelle an der nächsten Ausfallstraße geeilt, um Katzenfutter zu besorgen. Er kam mit zwei prall gefüllten Plastiktüten zurück. Delikatessfutter aus der Dose, Leckerli, kleine Spielbälle mit Köstlichkeiten. Ich glaube, Mario hatte an der Tankstelle sämtliche Vorräte an Katzenfutter aufgekauft, und in der Hektik waren ihm sogar zwei Packungen Vogelfutter und ein Beißring für Dackel in die Tüte geraten. Aber was auch immer wir aus der Tüte zauberten, welches katzenkulinarische Paradies wir auch offerierten, Fidelio nahm unsere Bemühungen nur mit gelangweilter Miene zur Kenntnis. Erst als wir eine Dose mit getrocknetem Thunfisch in Erdnussöl öffneten, ließ er sich herab, das Angebot wenigstens genauer unter die Lupe zu nehmen. Er näherte sich bis auf einen halben Meter Marios ausgestrecktem Arm mit dem Thunfisch. Die Aktion endete damit, dass Fidelio mit einer Portion Thunfisch für eine Katzengroßfamilie entschwand und Mario, als er plötzlich sprang und so den Kater fangen wollte, in einem Rosenbeet landete.

So konnte es nicht weitergehen. Ich rief Miriam an und teilte ihr mit, dass wir ihren Fidelio gefunden hätten, er sich aber nicht fangen lasse. Das Mädchen war überglücklich und wollte sofort zu der von mir angegebenen Adresse kommen.

Doch bei Mario war inzwischen das Jagdfieber ausgebrochen. Nachdem er sich die meisten Rosendornen aus den Händen gezogen hatte, stürmte er hinter dem Kater her. Für ihn ging es nicht mehr um Wiedergutmachung, sondern er betrachtete das Verhalten des Katers als eine persönliche Provokation. Aus dem kräftigen Overallträger wurde ein Derwisch, der sich über Mauern, Garagendächer, Zäune und Hausvorsprünge auf die Jagd nach dem goldhaarigen Kater machte. Mario reagierte auf mein Rufen überhaupt nicht mehr, ich wiederum wollte ihn keinesfalls allein lassen – so verbissen wirkte er – und versuchte, so gut es ging, ihm zu folgen. Allerdings musste ich immer wieder Umwege machen, Häuser umrunden oder auch mal durch eine Garage flitzen. Mit über achtzig war mein Ehrgeiz, über Dächer zu klettern, nicht mehr sehr ausgeprägt. Bald war ich völlig außer Atem. Aber da Mario in seinem Bemühen nicht nachließ und ich ihn weiterhin nicht aus den Augen lassen durfte, blieb mir nichts anderes übrig, als all meine letzten Kräfte aus meinem kleinen Körper zu saugen. Natürlich verlor ich Mario ab und zu aus den Augen, aber wie durch ein Wunder tauchte er immer wieder auf. Schließlich schien seine Energie erschöpft. Er verharrte, soweit ich sehen konnte, im dritten Stock eines Treppenhauses und lehnte sich aus dem geöffneten Fenster. Er erblickte mich fünfzehn Meter unter sich.

»Da ist er. Er liegt in einer Regenrinne.«

»Na schön, dass Sie ihn wenigstens sehen.«

»Danke. Auf Ihren Spott kann ich verzichten.«

Ich wollte etwas sagen, aber da klingelte mein Handy. Es war Miriam, der ich sicherheitshalber meine Nummer gegeben hatte.

»Hallo, hier ist Miriam. Wo sind Sie denn? Ich kann Sie nicht finden.«

Ich blickte mich um und bemerkte erst jetzt, dass uns die verrückte Verfolgungsjagd in die unmittelbare Nachbarschaft meiner Wohnung geführt hatte. Ich beschrieb Miriam, wo wir und vor allem Fidelio im Augenblick waren. Sie solle sich beeilen. Ihr Kater sei recht unternehmungslustig.

Mario hing weiterhin halb aus dem Fenster und fuchtelte mit den Armen. Er fiepste und miaute in Richtung des widerspenstigen Katers. Ich rief zu ihm hinauf:

»Die Besitzerin ist auf dem Weg hierher. Lassen Sie lieber den Kater in Ruhe, damit er nicht wieder abhaut.«

»Ich weiß schon, was ich tue.«

»Den Eindruck habe ich nicht.«

Weil gerade ein Teenager in Schlabberklamotten und mit einem Skateboard unter dem Arm aus dem Haus flitzte, nutzte ich die Chance und schlüpfte in den Hausflur. Der Aufzug ruckelte wie ein alter Güterzug und gab seltsam schleifende Geräusche von sich. Mario hing immer noch aus dem Fenster, als sich die Aufzugstür langsam quietschend öffnete. Ich rief:

»Ist er noch da?«

»Aaaaaah!«

Mario konnte sich im letzten Augenblick noch festhalten und somit einen Sturz aus dem Fenster verhindern.

»Sind Sie wahnsinnig?! Wie können Sie mich so erschrecken?!«

»Entschuldigung.«

Langsam näherte ich mich Mario von hinten.

»Vorsicht, ich komme jetzt.«

»Jaja, ich weiß es jetzt ja.«

»Ihnen kann man auch gar nichts recht machen!«

Fidelio lag ausgestreckt in einer Regenrinne und schien uns überheblich anzugrinsen.

Eine entfernte Tante von Robert musste einmal vor vielen Jahren kurzfristig verreisen und bat uns, nach ihrer Katze zu sehen und diese regelmäßig zu füttern. Robert und ich, die so gar keinerlei Erfahrung mit Katzenbetreuung hatten, versuchten, mit allen möglichen Ausreden aus der Nummer herauszukommen. Aber es gelang uns nicht. Die Tante, an deren Namen ich mich leider nicht mehr erinnere, bat uns inständig um Hilfe. Sie kenne sonst niemanden, der ihr helfen könne. Sie habe die Katze bisher immer allein versorgt, aber sie könne sie unmöglich mitnehmen. Schließlich ließen Robert und ich uns erweichen. Die Katze machte auch keine Anstalten, uns zu entwischen. Ganz im Gegenteil, sie packte den Tiger aus und wollte ihr Revier gegen uns Eindringlinge verteidigen. Nicht nur fauchend, sondern sie fuhr auch ihre Krallen aus. Nach wenigen Minuten flohen Robert und ich aus der Wohnung, sahen allerdings aus, als wären wir von einer Horde hungriger Paviane angegriffen worden. Zwei Tetanus-Spritzen und einige Packungen Pflaster später versuchten wir vergeblich, die Tante telefonisch zu erreichen und ihr Bericht zu erstatten. Es führte kein Weg daran vorbei, dass wir uns ein weiteres Mal in die Höhle der Katze wagen mussten. Ein Kollege von Robert, ein Hobby-Imker, brachte uns auf eine Idee, wie wir uns vor weiteren Blessuren schützen konnten. In Imkerkleidung gelang es uns abwechselnd, unsere Aufgaben in weniger als einer Minute zu erledigen. Wir schauten nicht nach links und nicht nach rechts und waren schon wieder aus der Wohnung verschwunden. Das Ende vom Lied war jedoch eher unschön. Jene entfernt verwandte Tante ohne Namen fand nach gut zehn Tagen ihre Wohnung völlig verwüstet vor. Sie wollte uns schlichtweg nicht glauben, dass Robert und mich keine Schuld traf. Der Kontakt zu ihr brach ab. Ich muss zugeben, dass Robert und ich danach keine Urlaubsvertretungen für Tierbesitzer mehr übernommen haben. Auch nicht einmal so unverdächtige Tätigkeiten wie Blumengießen wollten wir übernehmen.

Während sich Fidelio in der Sonne räkelte und, so glaube ich, die Aufmerksamkeit genoss, die ihm durch uns beide zuteilwurde, ertönte von unten ein kurzer Pfiff. Miriam war eingetroffen. Was dann geschah, überforderte Mario und mich. Fidelio hörte diesen Pfiff und schaute nach unten zu seinem Frauchen. Der Schwanz ging in die Höhe, und der Kater warf uns einen letzten Abschiedsblick zu. Dann sprang er von Stockwerk zu Stockwerk über die Balkone hinunter in die Tiefe zu Miriam, die ihn freudestrahlend in Empfang nahm. Auch Carlo war inzwischen dazugekommen, und die beiden winkten zu uns hinauf.

»Vielen Dank.«

Wir winkten zurück und sahen Miriam und Carlo hinterher, die Arm in Arm den Schauplatz verließen. Fidelio balancierte dabei auf Carlos Schultern. Ich klopfte Mario sanft auf den Rücken.

»Da hat die ganze Sache sogar etwas Gutes.«

»Was denn?«

»Wenn Sie nicht gewesen wären, wären die beiden weiterhin getrennt. Fidelio hat sie wieder zusammengeführt. Weil Sie ihn aus der Wohnung gelassen haben.«

»Na also. Dann schimpfen Sie auch nicht mehr mit mir.«

»Das eine hat mit dem anderen nichts zu tun.«

Mario sprang vom Fenstersims in den Gang, und ich half ihm, das Fenster zu schließen. Dieses Mal war ich es, die plötzlich innehielt. Er bemerkte meine Reaktion. Ich deutete auf die Regenrinne, in der eben noch Fidelio die Sonne genossen hatte.

»Sehen Sie das?«

»Was denn?«

»Na, dieses blaue Stück Papier.«

Er kniff die Augen zusammen und starrte in die Richtung, in die ich zeigte.

»Ja, da liegt was.«

»Was meinen Sie, was das ist?«

»Keine Ahnung.«

»Jetzt geben Sie sich mal Mühe.«

»Jetzt schimpfen Sie schon wieder mit mir!«

Er starrte mich an und blies leicht die Backen auf, während seine Augen hin und her wanderten.

»Bitte! Was meinen Sie, was liegt da?«

»Ich glaube, warten Sie, ich glaube, das ist so etwas wie ein Brief. Oder ein Briefumschlag.«

Ich war elektrisiert. Der verlorene Briefumschlag hatte das Gewitter überstanden und war, keine hundert Meter von meiner Wohnung entfernt, hier in der Regenrinne gelandet. Fidelio hatte mir den Weg gezeigt.

»Ich muss diesen Umschlag haben.«

»Wie bitte?«

»Ich muss diesen Umschlag haben. Um jeden Preis!«

»Aber wie? Und vor allem: warum???«

Ich wusste, dass ich Mario einiges zu erklären hatte. Aber es war meine einzige Chance, in den Besitz des Umschlags zu kommen. Endlich konnte ich den Brief der richtigen Adressatin zustellen. Sollte ich vielleicht selbst über das Dach klettern? Ich dachte für den Bruchteil einer Sekunde darüber nach, doch verwarf ich dann diesen Gedanken wieder. Nein, ich brauchte Marios Hilfe.

Fünfundzwanzig

Mir blieb nichts anderes übrig, als Mario die Wahrheit über mich und diesen Brief zu erzählen. All die anderen Briefe erwähnte ich allerdings nicht, wollte ich mir doch lieber keine weiteren Vorwürfe anhören müssen. Die Situation war schon schlimm genug. In meinem ganzen Leben habe ich mir nie etwas zu Schulden kommen lassen, wenn man einmal von der einen Tüte Gummibärchen absieht, die ich als Kind beim Bahnhofskiosk »ausgeliehen« habe. »Ausgeliehen«, weil ich die Bärchen bezahlen wollte – mit dem nächsten Taschengeld. Aber das war schwieriger als gedacht, denn wie ich feststellte, konnte ich schlecht zu Herrn Bromminger gehen, so hieß der Herr Kioskbesitzer, und ihm sagen, dass ich nachträglich die Gummibärchen von vor zehn Tagen bezahlen wollte. Andererseits gelang es mir nicht, ihm heimlich achtzig Pfennig in die Kasse zu legen. Also blieb ich ihm das Geld schuldig. Ein Umstand, der mich bedrückte. Ich sah nur eine Möglichkeit, und so kaufte ich von meinem Taschengeld immer mehr Tüten Gummibärchen bei Herrn Bromminger. Damit, hatte ich mir überlegt, wäre die eine Tüte so etwas wie ein Mengenrabatt. Doch leider war auch Herrn Bromminger nicht entgangen, dass ich in kurzer Zeit so viele Tüten kaufte, und er wollte mir eines Nachmittags von sich aus eine Tüte als Dreingabe schenken. Sein Angebot verstärkte meine Gewissensbisse. Aber da ich mich nicht offenbaren konnte, musste ich das Geschenk annehmen. Nie davor oder danach hat mich eine Tüte Gummibärchen so viel Schlaf gekostet und mir so viel Bauchschmerzen bereitet.

Mario stand, die beiden Hände so fest in die Taschen des Overalls gepresst, dass sie durchzureißen drohten. Er grinste mich breit an, während ich auf dem Gang in diesem fremden Mietshaus herumhüpfte wie eine Heuschrecke im Gecko-Terrarium.

»Ich fasse zusammen: Sie haben einen fremden Brief mitgenommen.«

»Der Brief lag im Hausflur vor den Briefkästen.«

»Ja. Aber nicht in Ihrem Haus.«

Ich versuchte es mit einer Kunstpause, die mir Luft verschaffen sollte, aber mehr als drei Sekunden hielt ich nicht durch, auch weil mich Mario mit seinem starren Blick fixierte. Ich gab klein bei.

»Nein, das stimmt.«

»Was haben Sie dann dort zu suchen gehabt?«

»Ich … ich wüsste nicht, was Sie das angeht.«

»Gut. Dann brauchen Sie meine Hilfe also nicht.«

»Doch.«

Mario wartete, und ich fühlte mich wie damals bei Kioskbesitzer Bromminger, als ich wieder einmal vergeblich versucht hatte, die achtzig Pfennig in die Kasse zu legen, und er mich fast erwischt hätte.

»Hören Sie. Ich weiß, ich habe einen Fehler gemacht. Ich hätte diesen Brief nicht mitnehmen dürfen, aber es ist nun mal passiert.«

»Nicht nur das. Sie haben ihn aufgemacht und gelesen.«

»Nur weil ich nicht auf das Kuvert gesehen hatte.«

»Warum sollten Sie auch? Sie konnten ja sicher sein, dass der Brief nicht für Sie ist. Er war schließlich nicht in Ihrem Briefkasten.«

Ich trat von einem Bein auf das andere, als würde ich in einer zwanzig Meter langen Schlange vor einer Damentoilette stehen, in einer Theaterpause. Ich sah Mario flehend an, versuchte es mit dem betörenden Blick eines Hundewelpen, der doch nichts weiter will als spielen.

»Jetzt helfen Sie mir bitte.«

»Ich helfe Ihnen. Aber Sie werden mich nie wieder wegen meiner Einbrüche anmachen.«

»Ich bitte Sie. Das ist etwas ganz anderes.«

»Ich stehle Butter. Und Sie Briefe.«

»Ich habe keinen Brief gestohlen. Ich wollte ihn zurückbringen und dem richtigen Empfänger zukommen lassen.«

»Sie sind kriminell.«

»Sie sind unverschämt.«

»Das sind mir die Liebsten. Einen auf hochmoralisch machen und selber durchtrieben sein wie ... der letzte Hallodri.«

»Das ist gemein.«

Mir wurde schummrig vor den Augen, und ich musste mich setzen. Da aber in dem Hausflur – wie in Hausfluren üblich – keine Sitzecke zu finden war, lehnte ich mich gegen die Wand. Mario ließ nicht locker, meine Vorwürfe hatten ihn verletzt. Ich wollte mich weiter verteidigen.

»Wer sagt denn, dass dieser Brief nicht zufällig für mich hätte sein können?«

»Das glauben Sie doch selber nicht. So einen Zufall gibt es nicht.«

»Aber so hat doch alles angefangen. Der Briefträger hat einen Brief in meinen Kasten geworfen, der nicht für mich bestimmt war.«

»Moment mal?! Was meinen Sie mit ... angefangen?«

»Hatte ich das gesagt?«

»Ja, das haben Sie. Und jetzt will ich die ganze Wahrheit hören. Sofort. Basta!«

»Wie reden Sie denn mit mir?«

Mario schwieg und sagte nichts mehr. Ich sah keinen anderen Ausweg und beichtete alles einem mir völlig unbekannten Mann, von dem ich gerade mal den Vornamen wusste. Dabei ließ ich nichts aus. Nicht Roberts Beerdigung, nicht Elisabeths Verrat, nicht Marlenes Erkrankung und vor allem nicht meine Sehnsucht nach menschlichem Kontakt. Ich redete und redete. Zum Schluss lag ich in Marios Armen, Tränen liefen mir über das Gesicht, den Hals hinunter bis in den Kragen hinein. Mario strich mir über die Haare, löste sich von mir und schob mich sanft von sich weg. Er versuchte, ein Lächeln aufzusetzen, und stubste mich etwas ungeschickt.

»Sie sind ein feiner Kerl.«

»Wie?«

»Ich meine, Sie sind schon in Ordnung. Und jetzt helfe ich Ihnen. Wir werden diesen verdammten Umschlag schon kriegen. Das verspreche ich.«

Über das Dach bis zur Rinne klettern konnte Mario nicht, ohne Gefahr zu laufen, in die Tiefe zu stürzen. Sein Plan war ein anderer. Er wollte in die Wohnung einbrechen, zu der der Balkon direkt unter der Regenrinne mit dem Brief gehörte. Vom Einbrechen verstehe er schließlich etwas, und mir bleibe nichts anderes übrig, als Schmiere zu stehen. Mein Puls schnellte in die Höhe wie bei einem Flughund nachts um vier auf Beutezug. Ich war offenbar auf dem besten Weg, eine Kriminelle zu werden. Alle Fernsehsender würden über mich berichten. Über eine alte, skurrile, durchgedrehte Rentnerin, die auf die schiefe Bahn geraten war. Schließlich würde ich in etlichen Jahren als älteste Strafgefangene der Republik zu meinem hundertsten Geburtstag noch einmal Besuch vom Fernsehen bekommen. Vielleicht weil der Bundespräsident mich endlich begnadigt hatte. Unter großer Anteilnahme der Öffentlichkeit öffneten sich dann die Tore des Frauengefängnisses für mich, und ich trat hinaus, um sofort wieder umzudrehen und zurückzugehen. Wohin hätte ich denn auch gehen können? Aber auch wenn ich mir meine Gefängniszukunft in den schwärzesten Farben ausmalte, so kam ich doch immer wieder zu demselben Ergebnis: Es blieb mir nichts anderes übrig, als Marios Vorschlag in die Tat umzusetzen und einzubrechen.

Bald hatten wir herausgefunden, dass jemand mit Namen Huber in der Wohnung wohnte. Aber wann war Herr, Frau, Familie Huber nicht zu Hause, so dass Mario unbehelligt in die Wohnung einbrechen konnte? Normalerweise klingele er, so Mario, und wenn niemand aufmache, dann komme sein Dietrich zum Einsatz. Das schien mir zu gefährlich. Was, wenn der Bewohner schlief? Von dem Fenster im Hausflur aus konnten wir leider nicht durch die spiegelnden Fensterscheiben in die Wohnung blicken.

Ich bat Mario, bis zum Abend zu warten. Sicherlich könne man dann in die erleuchtete Wohnung sehen. Ich wollte einfach wissen, mit wem wir es zu tun hatten. Vielleicht wohnte dort ein gewalttätiger Schrank von einem am ganzen Körper tätowierten Mann mit seinem ausgehungerten Kampfhund. Oder ein Verrückter, der sich Pythons, Giftspinnen und Alligatoren in der Wohnung hielt. Mario wurde klar, dass er auf mich Rücksicht nehmen musste. Keine unüberlegten Aktionen.

Ich verbrachte den Abend in dem fremden Hausflur, am Fenster mit Blick auf die Wohnung Huber. Leider kam bis kurz vor Mitternacht niemand nach Hause. Niemand machte Licht. Hin und wieder betraten andere Bewohner den Hausflur. Manche musterten mich argwöhnisch, fragten mich, ob sie mir irgendwie helfen könnten. Ich erzählte etwas von einer Freundin hier im Haus, die ich besuchen wollte und die aber noch nicht zu Hause war. Leider hatte ich keine Ahnung, wie diese Freundin hieß. So gut hatte ich mich nicht vorbereitet. Meine Nerven waren gespannt wie die Zugseile einer Schweizer Seilbahn, und kurz bevor die Kirchenuhr Mitternacht schlug, gab ich auf. Wir mussten am nächsten Tag in die Wohnung einbrechen, ohne dass ich irgendetwas über den oder die Bewohner Huber in Erfahrung gebracht hatte.

Sechsundzwanzig

Es dauerte keine vier Sekunden, und Mario war in die Wohnung eingebrochen. Es war erschreckend für mich zu sehen, wie einfach es manche Menschen Einbrechern machen. Unmöglich! Die Wohnungstür war nicht einmal abgeschlossen, sondern nur ins Schloss gezogen. Meine Aufgabe war es, Mario zu warnen, falls jemand Verdächtiges kam. Wir hatten beide unsere Handys an und waren ständig miteinander verbunden. Mir zitterten die Knie, und ich japste kurzatmig und leise vor mich hin wie ein zotteliger Hund bei über vierzig Grad im Schatten. Mario hatte eine kleine Leiter mitgebracht, von der aus er auf dem Balkon den Brief aus der Regenrinne holen wollte. Ich wartete draußen vor der Wohnung auf dem Gang. Und wartete und wartete. Mario schien schon Stunden in der Wohnung zu sein. Aber ein Blick auf meine Armbanduhr sagte mir, dass es noch keine Minute war. Mit dieser Armbanduhr hatte mich Robert zu unserem zehnjährigen Hochzeitstag überrascht. Ich dachte an ihn und hoffte inständig, dass es ein Jenseits gab, in dem es ihm gut ging und wo ich ihn eines Tages wiedersehen könnte. Aber im Augenblick wünschte ich mir, dass er im Jenseits so abgelenkt war, dass er keinen Blick Richtung Erde werfen konnte. Ich würde mich in Grund und Boden schämen, wenn mich Robert jetzt sähe, wie ich Schmiere stand. Fast hätte ich den lieben Gott gebeten, meinem Mann eine Aufgabe zu geben, die ihn ablenkt, als sich plötzlich am Ende des Ganges die Fahrstuhltür öffnete. Sofort griff ich zum Handy.

»Vorsicht, hören Sie. Da kommt jemand mit dem Fahrstuhl hoch.«

Ich lauschte in mein Handy, aber es war keine Antwort von Mario zu vernehmen. Hatte ich etwas falsch gemacht? Ich dachte nach, und da fiel mir ein alter Schwarzweißfilm ein, den ich im Fernsehen gesehen hatte. Da sprachen auch zwei Menschen miteinander über Funkgeräte. Ich erinnerte mich und wiederholte:

»Vorsicht, hören Sie, Mario! Da kommt jemand mit dem Fahrstuhl.«

Und nach einer kurzen Pause ... »Roger!«

Ein junger, dünner Mann mit Kappe und weitem buntem Hemd stakste aus dem Aufzug in den Flur. Er blickte sich suchend um. Ich erstarrte, meine Beine hatten das Gewicht von Betonblöcken. Mario meldete sich.

»Ich hatte Sie schon verstanden. Sie müssen nicht ›Roger‹ sagen. Das ist kein Funkgerät. Mit unseren Handys können wir gleichzeitig hören und sprechen.«

Ich dachte einen Moment nach. Er hatte recht.

»Ja ... Roger.«

Dieses Mal war mir das »Roger« nur rausgerutscht. Ich bemerkte zu meiner Beruhigung, dass der junge Mann in die andere Richtung gegangen war. Allerdings konnte ich ihn weiterhin von hinten sehen. Mein Handy meldete sich wieder.

»Das glauben Sie nicht, was die im Kühlschrank haben.«

»Was? Mario, lassen Sie das. Sie sind nicht in der Wohnung, um den Kühlschrank zu plündern.«

»Eisgekühlte Trüffel aus Belgien.«

»Lassen Sie die Finger von den Trüffeln!«

»Zu spät.«

Ich hörte leises Schmatzen aus meinem Handy und bedauerte, dass ich mich auf diese Aktion mit Mario eingelassen hatte. Der Mann war unberechenbar. Ich war sauer.

»Guten Appetit!«

»Soll ich Ihnen welche mitbringen? Es gibt auch welche mit Kirschfüllung.«

»Um Gottes willen, nein!«

»Sie versäumen aber etwas.«

»Herrschaft, vergessen Sie bitte nicht, warum wir eigentlich hier sind!«

»Jaja, ich mach ja schon.«

Der Rest war Schweigen, auch wenn ich mich bemühte, irgendetwas aus meinem Handy zu erhaschen. Dafür sprach mich plötzlich eine laute, quäkende Stimme an. Sie gehörte dem jungen Mann mit der Kappe, der sich inzwischen unbemerkt genähert hatte. Der Junge war in der Tat spindeldürr, wie man an seinen Beinchen sehen konnte, die aus den weiten Shorts hervorragten. Er hatte ein kleines Paket in der Hand. Er sagte:

»Hallo!«

Vor Schreck hätte ich fast mein Handy fallen lassen.

»Ich hab hier ein Paket für Scholler. Der wohnt dahinten, aber es ist niemand da. Können Sie nicht das Paket für ihn annehmen?«

»Äh, nein, das geht nicht.«

Skeptisch blickte er mich unter seiner Kappe hervor an, wie eine Eidechse ihr nächstes Opfer.

»Wohnen Sie nicht hier?«

»Nein.«

Aus dem Handy war Mario klar und deutlich zu hören.

»Haben Sie etwas gesagt?«

Ich versuchte, ihn zu überhören, was sicherlich ziemlich lächerlich gewirkt haben muss, da auch der junge Mann Mario klar und deutlich gehört hatte. Ich wandte mich an den Spargeltarzan.

»Tut mir leid, aber ich kann Ihnen nicht weiterhelfen. Kommen Sie einfach später wieder, dann ist bestimmt jemand zu Hause.«

»Gute Frau, was meinen Sie, was ich heute noch für eine Tour vor mir habe?«

Aus dem Handy hörte ich wieder Mario.

»Was ist denn? Mit wem reden Sie denn da?«

Ich bewegte mich wie eine Salzsäule, also gar nicht. Spargeltarzan deutete auf das Handy in meiner Hand.

»Ich glaube, da spricht jemand mit Ihnen. Wollen Sie nicht antworten?«

»Jaja, das mach ich sofort.«

Ich hielt das Handy an mein Ohr und versuchte, möglichst leise zu sprechen. Natürlich konnte Spargeltarzan dennoch alles mithören.

»Alles gut. Machen Sie nur weiter.«

»Okay. Ich bin schon auf der Leiter.«

Spargeltarzan verfolgte unser Gespräch mit wachsendem Interesse. Ich lächelte den Jungen verlegen an und deutete auf das Handy.

»Meine Putzfrau.«

»Die hat aber eine tiefe Stimme.«

»Ich meine … Putzmann.«

»Dem geben Sie Anweisungen übers Telefon?«

»Ja, ja. Es ist schwer, heutzutage gutes Personal zu finden.«

Spargeltarzan blieb in gewisser Weise ungerührt.

»Ich hab keine Putzfrau. So was kann ich mir nicht leisten.«

Ich wollte schon etwas darauf sagen, aber ich wurde abgelenkt. Spargeltarzan bewegte seinen rechten Arm nach oben und streckte ihn langsam aus. Der Zeigefinger schnellte hervor und näherte sich in Zeitlupentempo, aber unaufhörlich dem Klingelknopf von Huber. Ich wollte ihm schon in den Arm fallen, aber mit welchem Argument hätte ich den jungen Mann daran hindern können, an der Wohnungstür zu klingeln? Hubers Wohnungsglocke hatte einen harmonischen Dreiklang, der sich in meinen Ohren allerdings so martialisch anhörte, als hätte mein letztes Stündlein geschlagen. Nachdem der letzte Ton verklungen war, meldete sich Mario.

»Scheiße noch mal, wer klingelt denn da?«

Ich starrte auf das Handy, Spargeltarzan starrte mich an, wir starrten uns an. Mein Mund stand offen, kein Ton kam heraus.

»Wo ist denn Ihr Putzmann?«

Abermals ertönte Marios Stimme.

»Wieso haben Sie mich nicht gewarnt, dass jemand vor der Tür steht?«

Ich wollte etwas sagen, aber dann änderte ich spontan die Taktik. Ich simulierte einen plötzlichen Hustenanfall. Spargeltarzan versuchte, mir auf die Schulter zu klopfen, aber ich wollte mir nicht helfen lassen, drehte mich weg und hustete unvermindert weiter. Ich musste Spargeltarzan von dieser Tür weglocken, aber wie? Ich konnte ja nicht ewig weiterhusten. Beherzt riss ich ihm das Paket aus der Hand und rannte los, wobei das Paket leider eine Eigendynamik entwickelte, aus meinen Händen glitt und in der Luft über mir ein kleines Tänzchen wagte. Ich wirkte wie eine Sportgymnastin bei einer Übung mit dem Ball, allerdings ohne jedes Talent. Schließlich fing ich es gerade noch auf, aber aus irgendeinem Grund warf ich es Spargeltarzan, der eben zur Verfolgung angesetzt hatte, wieder in seine dürren Arme. Dann flüchtete ich den Gang hinunter. Hustend, das Handy in der Hand und für meine Verhältnisse so rasant, als wäre eine hungrige Eisbärenmutter hinter mir her. Ich drehte mich nicht um. Ich weiß nicht, was sich Spargeltarzan bei diesem Auftritt der rasenden Alten gedacht haben mag, und will es auch nicht wissen. Allein die Vorstellung ist schon schlimm genug.

Mario war anfänglich ziemlich sauer, dass ich beim Schmierestehen so versagt und ihn so schmählich im Stich gelassen hatte. Aber schließlich wurde auch ihm klar, dass ich mit dieser Aufgabe überfordert gewesen war. Zumindest in dem Moment, in dem Spargeltarzan aufgetaucht war. Im Übrigen hatte Mario, wie er mir später erzählte, gleich danach die Tür geöffnet, mit ruhiger Miene das Paket für Scholler angenommen und die Entgegennahme auch noch quittiert. Das Paket stellte er später kurzerhand Herrn Scholler vor die Tür. Herr oder Frau oder Familie Huber hätten sich ansonsten schon sehr über das Paket in ihrer Wohnung gewundert.

Aber das Wichtigste war, dass Mario den Briefumschlag an sich gebracht hatte. Wie ein Weihnachtsgeschenk hielt ich das Stückchen Papier in meinen zittrigen Händen, und mein Herz klopfte wie der Zylinder eines Fiat 500. Das Kuvert war vom Regen, vom Wind und von der Sonne arg mitgenommen. Es war zerknittert und ausgewaschen und hatte so gelitten, dass es unmöglich war, den Absender zu entziffern. Auch der Name und die Adresse der Empfängerin waren nahezu unleserlich, man konnte die Buchstaben nur erahnen. Komischerweise war die Adresse durchgestrichen worden. Warum? War es die falsche? Was auch immer, ich war entschlossen, die Adresse zu entziffern, und wollte endlich meinen Fehler wiedergutmachen. Ich umarmte Mario dankbar und war so gerührt, dass ich ihm nicht einmal einen Vorwurf machte, weil er sich eine weitere Trüffelpraline aus dem Kühlschrank mitgenommen hatte und vor meinen Augen genüsslich verspeiste.

Siebenundzwanzig

Es dauerte mehrere Stunden, bis Mario und ich die Adresse auf dem vom Wetter gegerbten Kuvert einigermaßen entziffert hatten. Am besten zu lesen waren Straße und Hausnummer. Beides war uns relativ schnell klar. Allerdings – die Hausnummer konnte eine 17 oder eine 11 sein oder auch eine 71 oder 77. Die Straße hieß Lindemannstraße. Das kam mir seltsam vor, hatte ich den Brief doch aus einem Mietshaus bei mir gegenüber entwendet, und die Lindemannstraße war am anderen Ende der Stadt. Mario sagte, da die Adresse durchgestrichen sei, könne die Empfängerin inzwischen umgezogen sein. Nichtsdestoweniger blieb mir nur das Kuvert, um die ganze Geschichte zu einem guten Ende zu bringen. Der Name der Empfängerin war bis auf vier Buchstaben unleserlich. Sie hieß wohl etwas mit »beck« am Ende. Ich war ungeduldig und wollte mich sofort auf den Weg machen, packte den Umschlag und den Brief ein, den ich in meinem Kleiderschrank sicher verstaut hatte. Mario bot an, mich zu begleiten, aber ich zögerte und kam zu dem Entschluss, dass ich die bevorstehende Aufgabe lieber allein bewältigen wollte. Wir vereinbarten für später einen Treffpunkt.

Leider wurde ich aufgrund der Vielzahl der Möglichkeiten zunächst ein paarmal in die Irre geführt. So waren sowohl das Bestattungsunternehmen »Hagenbeck« als auch ein Kiosk namens »Lotterbeck« natürlich nicht die richtigen Adressaten, und auch ein durch mein Auftreten stark irritiertes Rentnerpaar schied als Empfänger aus. An ihrem Klingelschild stand zwar Beck, aber das war der Name des Vormieters, und die beiden Alten hatten seit vielen Jahren versäumt, das Klingelschild zu wechseln. Ich musste all meine Energie aufwenden, um sie zu überzeugen, dass ich nicht von einer Behörde oder dem Finanzamt kam und keine Maßnahmen gegen sie einleiten wollte. Die beiden Alten waren entweder schwerhörig oder hatten ihr Hörgerät verlegt, und ich musste so laut schreien, dass sich hinter meinem Rücken nach und nach die halbe Nachbarschaft versammelte und dem Geschehen lauschte. Davon bemerkte ich erst einmal nichts, da ich mich voll und ganz auf das Rentnerpaar konzentrierte.

Als ich schließlich ging und die Versammlung sich auflöste, wurde ich von einem schmächtigen Jungen angesprochen. Ein kleiner Kerl mit Stupsnase und strohblonden Haaren, in einer viel zu großen kurzen Hose und ausgetretenen Turnschuhen. Er rollte auf seinen Rollschuhen neben mir her, was mich etwas verunsicherte. Nicht dass mir normalerweise kleine Jungs Angst machten, aber das Delikate meiner Mission war mir sehr bewusst. Ich wollte den Brief loswerden und dabei so wenig wie möglich Aufmerksamkeit erregen. Mir hatte schon die zusammengetrommelte Nachbarschaft gereicht, doch der Kleine ließ sich nicht abschütteln.

»Wo willst du denn hin?«

»Ich suche jemanden.«

»Und wen?«

Ich blieb stehen und schaute den kleinen Jungen an. Endlich einmal jemand, mit dem ich auf Augenhöhe sprechen konnte, ohne dass ich mir den Nacken verrenken musste.

»Das ist sehr nett, aber ich glaube nicht, dass du mir helfen kannst.«

»Das kannst du doch gar nicht wissen.«

»Oder kennst du alle hier in der Gegend?«

»Fast alle, ich bin ja den ganzen Tag unterwegs.«

»Und deine Mutter?«

»Die arbeitet.«

»Und dein Vater?«

»Der ist … der ist nicht da.«

Er hielt inne. Offenbar hatte ich einen wunden Punkt getroffen, was mir augenblicklich leidtat. Um es wiedergutzumachen, ging ich auf das Angebot des Jungen ein.

»Okay, vielleicht kannst du mir wirklich helfen.«

»Aber umsonst mache ich es nicht.«

Ich musste lachen, er blieb ernst.

»Was willst du?«

»Ein Eis, fünf Kugeln.«

»Davon verdirbst du dir den Magen.«

»Okay, dann vier.«

Wir besiegelten unseren Handel mit Handschlag, und ich schilderte ihm mein Problem, natürlich ohne in die Einzelheiten zu gehen. Schnell stellte sich heraus, dass der Kleine erstens ausgesprochen schlau war, zweitens von seinem Onkel zu Weihnachten einen Detektivkasten geschenkt bekommen hatte und somit in Methoden des

Spurenlesens erfahrener war als ich, und drittens fiel ihm auf dem Umschlag etwas auf, was Mario und ich übersehen hatten. Die Hausnummer war dreistellig. Mit dieser Erkenntnis brachte er mich schnell auf die vermutlich richtige Lösung. Bei der Adresse handelte es sich um ein Privatkrankenhaus in der Nähe, Hausnummer 177. Ich hätte den Kleinen umarmen können, aber die Umarmung einer alten Frau hätte er wohl eher als Belästigung denn als Belohnung empfunden. Beim Eismann um die Ecke löste ich meine Schulden ein und legte auch noch etwas drauf. Ich bezahlte für Ringo – so hieß der Kleine wirklich – insgesamt zwanzig Kugeln Eis, die er sich aber nur in Viererportionen abholen durfte. Ringo war glücklich, der Eismann ebenso. Und ich war überglücklich, hinter mir zwei strahlende Männer, ein kleiner und ein großer, und vor mir endlich die Lösung meiner Briefgeschichte.

Renate Karlsbeck, Assistenzärztin. So hieß die Frau, die ich suchte. Es war nicht einfach für mich gewesen, an der Krankenhauspforte den richtigen Namen in Erfahrung zu bringen. Ich musste all mein schauspielerisches Talent aufbringen, das ich mir inzwischen angeeignet hatte, und täuschte außerdem vor, etwas senil zu sein. Der strenge Mann an der Pforte war es gewohnt, mit lästigen Fragestellern umzugehen, doch an mir biss er sich die Zähne aus und gab mir schließlich Auskunft.

Auf dem Balkon des Schwesternzimmers saß mir Renate, schlank, dunkle Locken, weißer Dress, gegenüber. Sie starrte auf den Umschlag und den Brief, den ich ihr gegeben hatte. Hektisch und in immer kürzeren Abständen zog sie an einer Zigarette, die sie zwischen ihren Fingern hielt. Sie schüttelte den Kopf.

»Deswegen habe ich doch den Brief gar nicht angenommen. Weil ich ihn nicht lesen wollte.«

»Wie? Ich verstehe nicht.«

»Dieser Brief kam hierher. Ins Krankenhaus. Ich wollte ihn nicht lesen. Denn ich wusste ja, von wem er war.«

»Und dann?«

»Und dann habe ich meine Adresse durchgestrichen und ›Zurück an den Absender‹ draufgeschrieben.«

Sie schaute mich fassungslos an. Ich war ebenfalls fassungslos, was sie mir sicherlich ansah.

»Und jetzt kommen Sie mit diesem Brief. Warum? Wie kommen Sie überhaupt an den Brief?«

Ich trat die Flucht nach vorn an und erzählte Renate alles – nahezu alles. Sie hörte mir mit großen Augen zu, die im Laufe meiner Ausführungen immer größer wurden. So eine mysteriöse Alte war ihr in ihrem jugendlichen Alter bestimmt noch nicht untergekommen. Dann war Renate am Zug. Sie hatte diesen jungen Mann, den Briefeschreiber, im letzten Urlaub kennengelernt. Strandurlaub an der Nordsee. Sie hatten sich gut verstanden, viel zusammen unternommen, aber da sei niemals mehr gewesen. Sie zögerte. Nun gut, einmal hätten sie miteinander geschlafen, aber es sei bei diesem einen Mal geblieben. Sie wisse nicht, warum er hinter allem plötzlich so etwas wie die große Liebe vermuten würde. Sie habe ihm von sich aus nie eine Adresse gegeben, und auf gar keinen Fall ihre Privatadresse. Die Adresse des Krankenhauses habe er offenbar von sich aus herausgefunden. Ich war nicht sicher, ob ich Renate glauben sollte. Offensichtlich wollte sie nicht, dass die Geschichte im Krankenhaus publik wurde und Aufsehen erregte. Und sie wollte auf keinen Fall, dass ein bestimmter Kollege etwas davon erfuhr. Er hieß Doktor Karl und war offenbar mehr als nur ein Kollege. Er war ihr Verlobter.

Gerade als sie die Nordseegeschichte zu Ende erzählt hatte, wurde die Balkontür geöffnet, und sie drückte mir blitzschnell ihre Zigarette in die Hand. Ich wusste nicht so recht, wohin damit, also hielt ich sie etwas versteckt nach unten, unter den Hocker, auf dem ich saß. Doktor Karl lächelte Renate an. Er hatte braune Haut, weiße Zähne, einen gebügelten, makellosen Kittel.

»Da bist du ja. Ich hab dich schon überall gesucht. Alles okay?«

»Jaja. Ich habe …«

Renate suchte nach den richtigen Worten, fand sie aber nicht. Doktor Karl schaute für einen Moment zu mir, ohne mich recht wahrzunehmen, dann wieder zu seiner Verlobten. Er war unsicher, was er von der Situation zu halten hatte. Mir ging es ähnlich. Der Doktor zog die Luft durch die Nase ein.

»Hast du etwa geraucht, Schatz?«

»Nein, nein. Frau, Frau … Schmidt raucht.«

Er drehte sich nun wieder zu mir. Ich lächelte und fuchtelte mit der Zigarette herum, die ich wie plötzlich hervorzauberte. Er begrüßte mich.

»Ah ja. Guten Tag.«

»Guten Tag.«

Wir gaben uns die Hand, wobei ich ihm fast mit der Zigarette ein Loch in die Handinnenfläche gebrannt hätte.

Doktor Karl zog seine Hand im letzten Augenblick zurück. Renate versuchte zu erklären:

»Frau Schmidt und ich, wir haben uns im letzten Urlaub kennengelernt.«

»Nordsee!«, ergänzte ich. Doktor Karl lächelte seine Renate an.

»Schön. Wunderbar. Kommst du dann bitte? Wir haben gleich Visite. Ich habe noch einiges im Vorfeld mit dir zu besprechen.«

»Ja, sofort, geh schon voraus. Ich komme gleich nach.«

Etwas unwillig ließ uns Doktor Karl auf dem Balkon allein zurück, und ich nahm, eher in Gedanken, einen Zug von der Zigarette. Der Hustenanfall dauerte fast eine halbe Stunde. Doch immerhin konnte mir Renate noch den Namen ihres Verehrers sagen und dessen Adresse, soweit sie sich erinnerte. Aber als Renate mir das Aussehen des jungen Romeo von der Nordsee beschrieb, fiel es mir wie Schuppen von den Augen. Ich kannte diesen Mann! Ich musste mit ihm reden. Sofort! Renate wollte ihn auf keinen Fall wiedersehen. Seine Selbstmorddrohung tat sie als hysterisch ab. Das würde er nie tun. Ich würde schon sehen. Dann zog sie ein letztes Mal an der Zigarette und drückte sie aus.

Achtundzwanzig

So lange hatte ich von meinem Balkon in diese leere Wohnung in dem Haus gegenüber geblickt, mir Gedanken gemacht, wer da so spartanisch, ohne Möbel hauste. Der junge Mann aus der Wohnung hatte mich angesprochen, aber ich war ihm ausgewichen. Ich wollte nichts mit ihm zu tun haben, denn ich hatte Angst vor ihm. Dabei wäre er der Schlüssel zur Lösung meines Briefdesasters gewesen. John Lennon! Er war der jugendliche Romeo von der Nordsee.

Auf mein Klingeln hin öffnete mir niemand die Tür. Ich wartete noch ein Weilchen, dann zog ich mich auf meinen Balkon zurück, um seine Wohnung im Auge behalten zu können. Ich rief Mario an. Wir mussten unser Treffen leider verschieben, bis ich mit Lennon gesprochen hatte. In Roberts karierte Wolldecke eingewickelt lag ich im Liegestuhl, die Füße auf einer Holzkiste und eine mit heißem Kamillentee randvoll gefüllte Thermoskanne auf einem Teewagen neben mir. Dazu ein Croissant mit Erdnussbutter auf dem Tellerchen. Ich hätte Stunden so auf ihn warten können, bis er endlich nach Hause käme. So aufgeregt war ich. Stunden – das dachte ich zumindest. Aber schon nach wenigen Minuten war ich eingeschlafen. In meinem Traum war die ganze Stadt mit klarem Wasser gefüllt. Alles Leben hatte sich verändert. Die Bewohner waren in mehr oder weniger großen Booten unterwegs. Statt in Bussen kamen Menschen auf Fähren zur Arbeit. Die Polizei brauste auf Blaulicht-Jet-Skis durchs Wasser, Robert und ich, wir zwei, segelten dagegen gemütlich durch die Straßen. Auch wenn wir zwischen den engen Häusern nicht viel Wind hatten, kamen wir gut voran. Auf einem großen Platz, auf dem sonst viele Autos parkten, waren mehrere Schiffe an Bojen festgemacht. Auch wir fanden eine freie Anlegestelle und ankerten. Einige genossen das warme Wetter und gingen schwimmen. Robert öffnete eine Flasche Weißwein, und ich packte den Picknickkorb aus, den ich zu Hause vorbereitet hatte. Eine herrlich entspannte Ruhe breitete sich auf dem mit Wasser gefüllten Platz aus, bis plötzlich ein Mann sich über die Reling eines großen Schiffes direkt vor uns lehnte und etwas zu uns herüberrief. Ich konnte ihn aber nicht verstehen. Auch Robert zuckte nur mit den Schultern. Schließlich wurde ich wach, weil jemand rief:

»Hey! Hallo!«

John Lennon stand auf dem Balkon seiner Wohnung. Langsam wurde ich wach und räkelte mich in meinem Liegestuhl. Noch einmal rief er:

»Hallo. Hören Sie mich nicht?!«

Ich stand langsam auf und stellte mich an das Balkongeländer, hinter die Geranien.

»Natürlich höre ich Sie. Sie müssen nicht so laut schreien.«

»Dann ist ja gut. Ich habe mir Sorgen gemacht.«

»Um mich?«

»Ja, weil Sie da so in Ihrem Liegestuhl lagen, so …«

»Ich habe geschlafen. Sie haben doch nicht etwa gedacht, dass ich tot wäre?«

»Natürlich nicht. Obwohl …«

Er hielt inne. Ich wollte die Gelegenheit beim Schopfe packen.

»Ich muss mit Ihnen sprechen!«

»Gerne, aber nicht jetzt, ich habe gleich eine Verabredung.«

»Es muss aber jetzt sein.«

Er zögerte, schaute hastig auf seine Armbanduhr und ruderte mit den Armen.

»Na gut. Ich komm zu Ihnen rüber.«

Ich wollte John Lennon nicht in meiner Wohnung haben. Irgendwie war er mir immer noch unheimlich.

»Nein, nein. Ich komme zu Ihnen.«

»Ich hab aber nicht viel Zeit. Das muss ich Ihnen gleich sagen.«

Lennons Wohnung war genauso leer, wie sie mir von meinem Balkon aus immer erschienen war. Er konnte mir nur einen Platz auf einem großen Sitzkissen mit mediterranen Mustern anbieten. Ich wollte lieber stehen, denn für eine über Achtzigjährige ist das Aufstehen meist schwieriger als das Hinsetzen. Deswegen verzichte ich lieber aufs Hinsetzen, wenn es zu weit nach unten geht. Lennon war aufgeregt und redete hektisch und viel. Ich kam anfänglich gar nicht zu Wort, so überschwänglich war er. In diesem Moment hatte er, wenn man einmal von seinem Äußeren absah, nicht mehr viel von dem Beatle.

»Ich bin verliebt. Sie ist endlich die Wahre, die Richtige. Die, nach der ich so lange gesucht habe. Sie ist so umwerfend.«

Er strahlte über das ganze Gesicht. Ich war eher etwas irritiert. Von wem sprach er? Doch nicht etwa von Renate?

»Und Sie sind sicher, dass sie sich auch mit Ihnen treffen will?«

»Natürlich ... Wenn ich allein an ihre großen braunen Augen denke.«

Was folgte, war eine ziemlich genaue Beschreibung von Renate. Entweder hatte ich es mit einem völlig Durchgedrehten zu tun, oder ich hatte Renate falsch verstanden. Ich war mir ziemlich sicher, dass Ersteres der Wahrheit entsprach. War der arme Junge in seiner Liebessehnsucht dem Wahnsinn nahe? Ich musste der Sache Einhalt gebieten.

»Passen Sie auf.«

Vorsichtig holte ich den Brief und den Umschlag hervor und hielt beides Lennon hin. Doch der nahm davon nicht weiter Notiz und redete einfach weiter.

»Aber natürlich will sie sich mit mir treffen.«

»Herrgott, sehen Sie denn nicht, was ich hier in der Hand habe?«

»Ich liebe sie. Ich kann ohne sie nicht mehr leben. Und das will ich auch nicht.«

»Herrschaft. Jetzt sehen Sie doch mal.«

»Gleich, wenn sie ihren Laden zugesperrt hat, treffen wir uns.«

»Ihren Laden?«

»Ja, ihren kleinen Blumenladen. Dort bin ich ihr vorgestern das erste Mal begegnet.«

»In ihrem Blumenladen?«

»Ja. Ich wollte da ... na ja, ich wollte dort für eine andere Frau Blumen kaufen.«

»Für eine andere Frau. Etwa für Renate?«

John Lennon starrte mich mit großen Augen an. Seine

Haare standen ihm zu Berge. Die Atmung beschleunigte sich, die Brille drohte zu beschlagen.

»Woher kennen Sie Renate?«

»Was meinen Sie, was ich hier in der Hand habe?«

Erst jetzt nahm er den Brief wahr, den ich ihm die ganze Zeit hingehalten hatte.

»Sie hat ihn nicht gelesen und ihn an Sie zurückgeschickt.«

»Aber ich habe ihn nie bekommen.«

»Weil dieser Brief bei mir ... gelandet ist.«

Es half nichts, ich musste John Lennon alles beichten. Er hörte mir gebannt zu. Als ich mit meinen Erklärungen fertig war, umarmte er mich spontan und herzlich.

»Womit habe ich denn das verdient?«

»Egal, was Sie getan haben. Ohne Sie hätte ich doch meine Traumfrau nie kennengelernt. Britta!«

»Britta?«

»Mein Blumenmädchen.«

»Klar.«

Mir schwirrte der Kopf. Da John Lennon mich nun sanft, aber bestimmt wieder loswerden wollte und ich dringend jemanden zum Reden brauchte, verabredete ich mich mit Mario. Ich muss zugeben, es war meiner Neugierde geschuldet, dass unser Treffpunkt das Café war, in dem auch John Lennon seine Angebetete treffen wollte. Schließlich wollte ich wissen, ob *diese* Frau zur Verabredung kam.

Mario schüttelte amüsiert den Kopf über meinen Bericht. Für ihn war der junge Mann irre, war er doch ursprünglich nur wegen Renate in die Stadt gezogen und hatte sich provisorisch eine mehr oder weniger unmöblierte Wohnung gemietet. John Lennon war einer dieser Menschen, die sich Hals über Kopf immer wieder aufs Neue verlieben können und auch jedes Mal wieder davon überzeugt sind, dass es dieses Mal die Eine, die Wahre, die Richtige ist. Es ist vielleicht schön, in einem Meer von Gefühlen zu schwimmen, aber bestimmt auch ziemlich anstrengend. Ich lud Mario in dem Café auf ein Glas Champagner ein. Mein Herz würde das bisschen Alkohol schon vertragen. Außerdem wollte ich mich bei ihm bedanken, für alles, was er für mich getan hatte. Doch das Wichtigste war, dass er überhaupt in mein Leben getreten war. Während wir beide lachten, scherzten und uns erinnerten, versuchte einige Tische weiter ein nervöser und verliebter Mann, seine Britta mit Worten und Gesten zu beeindrucken. Er war so konzentriert, dass er von mir keine Notiz nahm. Eher zog er die Aufmerksamkeit der anderen Gäste auf sich, als er fast den ganzen Tisch mit den Tassen und Kännchen umstieß, weil er so verliebt herumzappelte.

Nach einer Weile entschuldigte sich Mario, er habe eine kleine Überraschung für mich. Ich wollte natürlich wissen, was für eine Überraschung, aber das sagte er mir nicht. Dann sei es ja keine Überraschung mehr. Also übte ich mich in Geduld und wartete. Eine junge Frau, die ich kannte, setzte sich an den Nebentisch. Zuerst wusste ich nicht, woher, doch als sich unsere Blicke trafen und sie mir ein kleines Lächeln schenkte, fiel es mir wieder ein. Es war Rita, die nette Polizistin. Sie rückte mit ihrem Stuhl in meine Nähe.

»Schön, Sie zu sehen. Wie geht es Ihnen?«

»Danke. Sehr gut.«

»Das freut mich.«

»Sie haben heute frei?«

»Ja. Ich baue Überstunden ab.«

Sie zögerte einen Moment, runzelte nachdenklich die Stirn und lachte herzhaft auf.

»Allerdings bin ich sozusagen schon wieder im Dienst. Wenn auch privat.«

»Wie meinen Sie das?«

Rita zeigte zum Tisch, an dem Lennon mit seiner Angebeteten saß.

»Sehen Sie das junge Paar da drüben?«

»Ja. Ist was mit denen?«

»Ja und nein. Das Mädchen ist meine beste Freundin. Sie trifft sich heute das erste Mal mit diesem jungen Mann. Sie wollte, dass ich ihn mir mal aus der Nähe etwas anschaue. Und später meinen Kommentar abgebe.«

Sie neigte nachdenklich den Kopf.

»Was meinen Sie? Was macht er auf Sie für einen Eindruck?«

»Ich bin überzeugt, dass er hundertprozentig in Ihre Freundin verliebt ist.«

»Das ist doch ein guter Anfang. Er scheint ganz nett zu sein, aber vielleicht auch ein bisschen ...«

»... irre?«

»Ja, aber das haben Sie gesagt.«

Wir schauten beide zu Lennon und seiner neuen Liebe. Plötzlich sprang Rita auf, stieß ihren Stuhl um und rannte los. Erschrocken schaute ich ihr hinterher, konnte nur noch erkennen, dass sie offenbar jemanden verfolgte. Dieser Jemand war Mario. Die beiden verschwanden um die nächste Straßenecke. Mit einem Mal war meine gute Laune verflogen.

Neunundzwanzig

Die nächsten Wochen war ich sehr verzweifelt. Seit seiner Flucht vor der jungen Polizistin war Mario wie vom Erdboden verschwunden. Wieder und wieder hatte ich versucht, ihn auf seinem Handy zu erreichen, aber es schaltete sich immer nur die Mailbox an. Auf meine unzähligen Nachrichten hörte ich nichts. Natürlich suchte ich die Routen für meine täglichen Spaziergänge so, dass ich an den Stellen vorbeikam, an denen wir uns schon einmal begegnet waren. Ich überlegte, ob ich nicht Suchplakate aufhängen sollte, so wie das junge Pärchen, das nach dem Kater Fidelio gesucht hatte. Aber die Idee kam mir schnell unsinnig vor. Ich hatte kein Foto von Mario, und ich hätte ihn auch nicht zeichnen können. Vor allem, wie hätte denn die Polizei reagiert, wenn sie gemerkt hätte, dass noch jemand nach Mario suchte? Es war mein erster Gedanke gewesen, dass Rita ihn geschnappt hatte. Sie war jünger, trainierter und konnte sicher schneller laufen. Aber gleich am nächsten Tag war ich zur Polizei gegangen, unter dem Vorwand, mich nach Rita erkundigen zu wollen. Sie war wieder im Dienst und entschuldigte sich dafür, dass sie einfach so weggerannt war. Aber sie habe einen flüchtigen Einbrecher erkannt. Ich gab mich erstaunt und auch verängstigt, vor allem als Rita mich darüber aufklärte, dass sie den Flüchtigen leider nicht erwischt habe. Ich fragte, ob ich denn nicht besser die nächste Zeit zu Hause bleiben solle, bis man diesen Verbrecher verhaftet habe. Doch Rita antwortete nur, dass der Mann so schlimm auch wieder nicht sei. Ein harmloser Zeitgenosse. Sie sei nur sofort aufgesprungen, weil er ihnen schon so oft entwischt sei. Im Grunde genommen sei es ihr mehr um ihren sportlichen Ehrgeiz gegangen, auch wenn der Mann natürlich einiges auf dem Kerbholz habe. Ich dankte Rita und versprach, wachsam und vorsichtig zu sein. Und auf jeden Fall Meldung zu machen, wenn ich irgendetwas Verdächtiges mitbekommen sollte.

John Lennon war inzwischen wieder ausgezogen. Ob er mit seinem Blumenmädchen glücklich geworden ist, kann ich nicht sagen. Ich bin ihm nie wieder begegnet, seit seinem Auszug steht die Wohnung leer. Nur eine emsige Maklerin führte regelmäßig Interessenten durch die Wohnung. Ich versuchte, von meinem Balkon aus möglichst grimmig zu schauen, weil ich nicht wollte, dass dort sofort jemand Neues einzog.

In meinem Leben kehrte wieder die Einsamkeit ein. Zwar fand ich die Zeit, endlich Marlene in dem Heim zu besuchen, in das sie inzwischen gezogen war. Aber es war traurig. Ihre Demenz hatte zugenommen. Sie hielt mich für ihre ehemalige Englischlehrerin, was mich sehr irritierte, hatte sie mir doch immer erzählt, dass sie diese Lehrerin am wenigsten gemocht hatte. Dennoch wollte ich Marlene auch weiterhin eine gute Freundin sein und mit meinen regelmäßigen Besuchen auch etwas ihren Mann Heinz entlasten. Vielleicht hatte ich auch die Hoffnung, bei einem dieser Besuche auf Elisabeth zu treffen, meine ehemals beste Freundin. Auch wenn ihre Briefe an Robert mich so erschüttert hatten. Ich wollte mehr über diese Briefe wissen. Wie hatte Robert darauf reagiert? Hatte sich jemals etwas zwischen den beiden entwickelt? Ich konnte mir das nicht vorstellen, aber sicherlich auch, weil ich es mir nicht vorstellen wollte. Ich wollte Robert als meinen Mann in Erinnerung behalten. Doch ich traf Elisabeth nicht mehr. Ich machte um ihre Wohnung einen großen Bogen, obwohl ich mich zunehmend allein fühlte.

Einmal war ich sogar kurz davor, in meiner trüben Stimmung wieder einen Brief aus einem fremden Briefkasten zu stehlen. Doch ich ließ es bleiben. Zu sehr steckte mir noch der Schrecken vom letzten Mal in den Gliedern. Nicht dass mir wieder alles aus dem Ruder lief.

An einem etwas kälteren Herbsttag hatte ich es mir gegen Abend auf meinem Balkon bequem gemacht – lange würde das kühler werdende Wetter dies nicht mehr erlauben. Ich lag im Liegestuhl und blickte zu der leeren Wohnung gegenüber. Karierte Wolldecke, Thermoskanne mit Tee. Da klingelte es an der Wohnungstür. Ich hätte jeden hereingelassen, sogar einen Betrüger. Hauptsache mal wieder Besuch. Aber es war der Hausmeister Niedernberger, der sich für die Störung entschuldigte, aber er habe einen Brief für mich. Der sei fälschlicherweise in seinem Briefkasten gelandet. Ich verharrte regungslos, starrte den Mann an. Ein Brief?? Für mich? Ich hätte Herrn Niedernberger am liebsten geküsst, aber ich beließ es bei einer herzlichen Umarmung.

Aufgeregt wie damals als junge Fahrschülerin in der Prüfung – ich habe im Übrigen vier Anläufe gebraucht, um den Führerschein zu machen – nahm ich den Brief und ging auf den Balkon. Ein Brief, adressiert an mich, war so etwas wie für andere vielleicht ein Sechser im Lotto oder ein Besuch bei Hansi Hinterseer hinter der Bühne. Die Menschen können eben sehr verschieden sein. Diesen Brief wollte ich genießen, Zeile für Zeile genießen, wie ein Feinschmecker im Sternerestaurant ein Zehngängemenü. Auch wenn oder weil er keinen Absender hatte, musste dieser Brief ein Privatbrief sein. Ich roch an dem Umschlag. Er roch nach Salzwasser. Vielleicht bildete ich mir das auch nur ein. Natürlich hoffte ich, dass der Brief von Mario war. Endlich ein Lebenszeichen von ihm.

Vorsichtig öffnete ich den Umschlag, setzte meine Brille auf und freute mich. Doch etwas irritierte mich. Es war nicht der Brief. Nein, etwas in der Wohnung gegenüber irritierte mich. Die Maklerin war mal wieder mit einem Interessenten in der leer stehenden John-Lennon-Wohnung, und der Interessent hatte seinen etwa zehnjährigen Sohn mitgebracht, der auf dem Balkon stand und Grimassen schnitt. Er starrte zu mir herüber. Ich wollte nicht, dass mir der Bengel den Lesegenuss verdarb. Nachdem sich die Besichtigung länger hinzuziehen drohte und der Kleine nicht davon abließ, furchtbare Grimassen zu schneiden, stand ich kurz entschlossen auf. Ich brauchte ein passendes Plätzchen zum Lesen, ein Plätzchen, das mir die nötige Muße verschaffte.

Doch wo auch immer ich mich gerade hinsetzte, immer kam etwas dazwischen. Im Café auf dem Platz lärmten Baumaschinen, das Bäckerei-Café an der Straße wurde ebenfalls lautstark renoviert. Dann geriet ich in eine überdrehte italienische Touristengruppe und wurde ständig nach irgendwelchen Straßen oder Sehenswürdigkeiten gefragt.

Schließlich entdeckte ich ein Schild, das auf ein Dachterrassencafé mit einem seltsamen Namen hinwies. Das Cafe hieß »Leben«. Darunter stand zu lesen: Neueröffnung. Auch wenn ich seit jeher unter Höhenangst leide, beschloss ich, diesem Café eine Chance zu geben. Schon allein wegen des Namens.

Ich setzte mich auf einen Korbsessel an einen Tisch inmitten des Cafés. Ich war der einzige Gast, bestellte mir einen Piccolo, genoss von meinem sicheren Platz aus den wunderbaren Blick über die Stadt und auf den Himmel. Dann zog ich vorsichtig den Brief aus meiner Handtasche und begann zu lesen.

»Liebe Else,
es tut mir leid, dass ich mich erst jetzt melden kann. Aber es ist so viel passiert. Nachdem ich dieser Polizistin nur knapp entkommen war, ist mir klar geworden, dass ich die Stadt besser verlassen sollte. Ich fuhr spontan zu meiner Frau nach Hause und wollte ihr endlich die Wahrheit sagen. Die Wahrheit über mich und meine Arbeit. Ich wollte sie überraschen. Ich habe sie auch überrascht, aber anders, als ich dachte. Ich habe sie mit meinem besten Freund überrascht. Das war, entschuldigen Sie, echt scheiße für mich.

Ich habe es nicht lange zu Hause ausgehalten und bin dann auf Reisen gegangen. Und nun habe ich einen neuen Platz in meinem Leben gefunden. Einen wunderbaren Platz, der auch Ihnen gefallen könnte …«

Während ich die Zeilen in mich aufsog, war ich langsam von meinem Stuhl aufgestanden und ganz ruhig in Gedanken in dem leeren Café zwischen den Stühlen und Tischen herumspaziert. Wieder einmal war offenbar meine Fantasie mit mir durchgegangen. Aber das änderte nichts an diesem wunderbaren Brief, den ich über alles genoss. Nach einer Weile hielt ich im Lesen inne und ließ den Brief sinken. Ich schaute mich um und erschrak zu Tode. Dieses Mal war es keine Einbildung, es war keine Fantasie gewesen. Ich war wirklich so fasziniert von diesem Brief, dass ich ganz in Gedanken von meinem Stuhl aufgestanden war. Es war Wirklichkeit! Ich stand seit ein paar Minuten am Rande des Daches, den Abgrund unter mir. Ich konnte mich nicht bewegen. Die Minuten verrannen.

Ich kann mich immer noch nicht bewegen …

Hier und heute

Ich wage nicht, nach unten zu sehen, auch wenn immer mehr laute Stimmen und Schreie heraufdringen. Es scheint dort unten großer Trubel zu herrschen. Und das alles meinetwegen. Ich versuche, langsam von der Dachkante einen Schritt nach hinten zu machen, aber es gelingt mir nicht. Meine Füße, meine Schuhe sind wie festgeklebt. Mit zitternden Händen halte ich den Brief fest. Ich werde ihn auf keinen Fall loslassen. Auf keinen Fall werde ich ihn loslassen. Dieser Gedanke schießt mir immer wieder durch den Kopf. Mir wird schwindelig. Ich will mir mit der Hand über das Gesicht fahren. Ich zittere am ganzen Körper. Meine Hand zittert am meisten.

Plötzlich, wie in Zeitlupe, öffnen sich meine Finger. Ich kann nichts dagegen tun. Der Brief gleitet langsam zwischen meinen Fingern hindurch. Ich will ihn wieder greifen, aber es misslingt. Ich schnappe ein letztes Mal vergeblich nach ihm, dann saust er in die Tiefe. Ich zögere nicht eine Sekunde und stürze mich hinterher. Diesen Brief will ich um nichts in der Welt verlieren. Ein Aufschrei aus vielen Menschenkehlen ist von unten zu hören. Ich falle. Ich sehe mich um. Es ist nicht so, dass mein Leben noch einmal in vielen, schnellen Bildern an mir vorbeirauschen würde. Vielmehr bin ich auf den Brief vor mir konzentriert. Wo ist er? Ich entdecke ihn, nur einen Meter unter mir. Ich versuche, mich zu strecken, gehe in einen Kopfsprung über, um so schneller in die Tiefe stürzen zu können. Zentimeter für Zentimeter nähert sich meine rechte Hand dem Brief. Gleich habe ich ihn. Er flattert etwas, aber meine Finger berühren ihn schon. Ich schließe meine Hand. Der Brief gehört wieder mir. Gemeinsam stürzen wir Richtung Erde. Ein lautes, dumpfes Geräusch.

Gruß aus meinem neuen Leben

Liebe Leser,
meine Erlebnisse liegen schon viele Monate zurück, und nun wird meine Geschichte veröffentlicht, was mich sehr glücklich macht. Ich habe den Sturz vom Dach seinerzeit gut überstanden, wenn man von einigen Abschürfungen und einer leichten Prellung absieht. Der Feuerwehr war es gelungen, rechtzeitig das Sprungtuch aufzuspannen und mir so das Leben zu retten. Mario kümmerte sich danach rührend um mich. Er ist ein wahrer Freund.

Inzwischen leben wir, Mario und ich, in einem kleinen Ort im Süden, irgendwo am Mittelmeer. Mehr will ich nicht verraten. Nicht wegen Mario, dessen Vergehen inzwischen nicht mehr weiterverfolgt werden. Seine Taten waren doch eher geringfügig. Ich will hier einfach ungestört mein neues, wunderbares Leben genießen. Nicht dass mein Leben früher schlecht gewesen wäre. Auch mit meinem geliebten Robert habe ich herrliche Ausflüge und Reisen unternommen.

In meinem neuen Leben erfahre ich so viel Neues. Wie ein Kind, das die Welt für sich entdeckt. So hat mich Mario zum Schnorcheln überredet, wir sind oft mit einem kleinen Segelboot nachts vor der Küste unterwegs oder genießen den warmen Fahrtwind, wenn wir in unserem fahrbaren Untersatz unterwegs sind. Mario auf dem Motorrad, und ich mache es mir im Beiwagen bequem. Allerdings – nächste Woche will ich auch mal ans Steuer. Ich weiß nicht, was das Leben für mich in Zukunft noch bereithält. Ich weiß nur, ich freue mich auf jeden neuen Tag und bin dankbar und glücklich, wenn ich zurückschaue.

Doch jetzt muss ich Schluss machen. Mario ruft nach mir. Er hat eine Überraschung für mich. Vielleicht kann ich ja ein andermal davon berichten.

Herzliche Grüße, genießen Sie das Leben
Ihre Else

Thomas Letocha

studierte Jazzklavier und Komposition sowie Medientechnik. Als Autor und Regisseur machte er zahlreiche Fernsehporträts und Dokumentationen und arbeitete als Producer und Realisator von Werbe- und Industriefilmen. Seit 20 Jahren arbeitet er als Drehbuchautor, immer in Zusammenarbeit mit Andreas Föhr. Über 200 Drehbücher sind für das deutsche Fernsehen verfilmt worden.

GOLDMANN
Lesen erleben

Wenn das Leben mit Mitte fünfzig noch einmal ganz von vorne losgeht.

Marita Wallner, „Lebensberaterin“ wider Willen, hat für alle den passenden Tipp – aber was ist eigentlich mit ihr selbst?

256 Seiten
ISBN 978-3-442-47887-3
auch als E-Book erhältlich

www.goldmann-verlag.de
www.facebook.com/goldmannverlag

GOLDMANN
Lesen erleben